작은방 한켠
나의 트레킹 가방

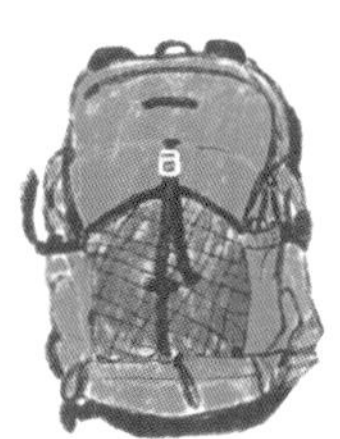

두 개의 트레킹 가방

내게는 두 개의 트레킹 가방이 있다. 커다란 빨간색 가방과 조금 작은 풀색 가방. 평소에는 짐을 넣어두는 작은방에 걸어 놓는다. 작은방을 오가며 가방들을 흘깃 보면 기분이 좋아진다.

큰 백패킹 가방은 두 해전 나에게 주는 선물이었다. 좀 더 멀리 걷고, 자고도 오는 여행을 생각하면서 마련했다. 가방과 함께 필요한 물품도 하나씩 구입했다. 물통, 가벼운 커피잔, 물을 끓일 수 있는 작은 버너, 버너를 올릴 수 있는 간이 식탁, 잠을 잘 수 있는 텐트까지. 이 모든게 쏙 하니 들어 간다. 그러니 이 가방을 메고 걸으면 어디서든 하루를 온전히 보낼 수 있는 것이다. 숙소를 미리 알아볼 필요도 없고 커다란 지출도 없는 가뿐한 여행이 되니 그렇게나 든든할 수가 없다.

어떤 날은 작은방에서 갈아입을 옷을 챙기다 한켠에 놓인 가방에 눈길을 주면
"오늘은 안나가나 봐?"라고 하는 것만 같다.
"갈 수 있지만 더 좋은 날을 기다릴거야"
따지고 보면 나갈 수 없는 날이 많아도 그렇게 말하고 나면 잠

시 기분이 좋아지는 거다.

두번째 작은 풀색 가방은 산티아고 트레킹을 준비하며 마련했다. 하루에 걸으려는 거리가 평소보다 길어서 무게의 부담을 줄이려고 좀 더 작은 크기로 준비했다. 2주를 보낼 짐을 고심 끝에 고르고 가방을 싸니 여유 공간이 별로 없었다. 먹을거라도 사는 날엔 가방을 테트리스 하듯 다시 정리해야 했다. 그래도 덕분에 무릎을 다치지 않고 여행을 마칠 수 있었다.

언제부터 걷는 것이, 걷는 여행이 이렇게 큰 기쁨이었을까. 시기를 가늠하다 보면 아이를 낳고는 몸에 물이 찬 것 마냥 무겁고 손목과 무릎이 시큰했던 때가 떠오른다. 둘째 지우가 태어난지 얼마 되지 않았을 때 큰 방과 베란다 사이 창을 열어 두고는 세탁기 돌아가는 소리를 들으며 멍하니 앉아 있었던 날이 있었다. 잠시만이라도 혼자이고 싶은데 그럴 수 없던 날들. 칭얼대는 젖먹이 아이는 뒤에서 잠시 잠이 들었고 그 사이에 앉아 있으면 정신을 흔드는 온갖 소음에서 벗어나는 느낌이었다.

육아 외에는 움직이는 것조차 버거울 때였는데 걷는 것을 원체 좋아하는 언니 덕분에 꾸역꾸역 걷기를 시작했다. 동네 언니는 틈만 나면 걷자고 했다. 몸이 아직 회복되지 않아서 운동이 버거울때라 손사래를 치다 한두 번 따라가게 됐다. 그렇게 집 근처 형산강변을 투덜 대며 함께 걸었다.

걷다보면 피부를 만지는 바람도 불고 마음을 편안하게 하는 흙

냄새도 나고 강변 위에 자유로운 오리들도 보인다. 산책은 여러 모로 맘에 들었다. 무엇보다 내 속으로 들어가는 공기만 달라져도 기분이 나아진다는 걸 알았다. 계절에 따라 달라지는 풍경을 바라보는 것도 좋고 오래 걸으며 다리가 뻐근 해질 때쯤엔 몸이 따뜻해지면서 복잡한 마음도 진정된다.

한두해 따라다니다 보니 체력도 조금씩 회복되었다. 이제는 동네 옆에 흐르는 형산강변도 친구처럼 고맙고, 산새도 멋져 보인다. 걷는 길 어느 지점에 어떤 나무가 있는지, 무슨 꽃이 심겨져 있는지 알고 확인해 본다. 걸을때만 보이는 것들을 보는 기쁨이 좋았다. 그러다 보니 가보지 못한 곳도 가보고, 1박으로 다녀오기도 하면서 트레킹에 취미를 두게 되었다. 내가 사는 곳은 6km만 걸어나가면 포항 철길숲을 만날 수 있고 좀 더 걸어가면 잘 닦여진 바닷길인 해파랑길이 나온다. 마음만 먹으면 반나절 안에 철길숲과 해파랑길을 만끽할 수 있는 환경인 것이다. 걷는 것의 즐거움이 없었다면 이런 사실도 내게 아무런 의미가 없었을 테지만 이제는 실내에 안정된 공기보다 문을 열고 나가 새로운 공기를 마시고 몸을 움직이는 것이 좋다.

요즘도 가끔 '언제 나갈 수 있을까' 달력을 살피다가 문득 할 수 있는 것이라고는 집에서 창을 여는 것이었던 때가 떠오른다. 주변 사람들 덕분에 그사이 많이 변했다. 걸으라 손 내밀어 준 동네 언니, 매일 운동할 수 있게 물어봐주고 여행을 독려해주는 남편, 같이 걸어주는 사람들…

나는 지금이 좋다. 이런 취미를 갖게 되어 지나온 시간을 감사함의 눈으로 볼 수 있어서. 지금도 여전히 일상이 고되다고 느끼면 트레킹을 떠난다. 그렇게 쉼을 누리고 나면 다시금 생기를 찾아 남편과 아이에게, 이웃에게 다정할 수 있는 힘을 얻는다.

생일이 다가올 때 남편이
"갖고 싶은 거 있어?"
"뭐 딱히 없는데…
아…집을 나가고 싶어. 이틀 동안"
그렇게 선물로도 걸었다. 언제는 2박 3일로 해파랑길 트레킹을 떠났다. 집에서부터 형산강변을 지나 포항 철길숲, 그리고 해파랑길을 걷는 여행이었다. 잘 닦여진 길을 걷는 것 외엔 딱히 계획도 없었다. 배고프면 주변 식당에 들어가 밥을 먹고 힘들면 경치 좋은 곳에 앉아 쉬었다. 탁 트인 바닷가 길을 걸을때의 해방감. 뭘 할까, 뭘 먹을까 묻지 않을 수 있는 시간. 내게 가장 좋은 선물이었다.

그리고 몇 달 전 떠났던 산티아고 트레킹은 두고두고 고민하며 떠난 여행이었다. 완주하기 위해서는 한달여의 시간이 드는 코스를 14일 밖에 가지 못했지만 나와 가족들에게는 엄청난 시간이었다. 아이들은 처음으로 엄마와 떨어져 2주를 보냈다. 서로에게 낯설었던 소중한 경험이었다.

열흘 가까이 충만히 걸었던 순간을 잘 기록해 보고 싶어서 틈날때마다 메모장에 그 날 있었던 일들과 생각들을 적어두었다.

이 책은 그 시간들을 잘 정리해 보려고 했고 기회가 되면 같이 걸어보자고 손도 건네고 싶었다. 일상에 환기가 필요하다는 지인에게

"텐트 있어요?"

"트레킹 가방 하나 있으면 좋은데…"

라며 꼬신다. 준비가 되야 정말로 떠날 수 있는 순간이 오니까. 그러니 일단 나를 위한 트레킹 가방 하나를 걸어두면 그 아이가 이렇게 말을 걸거라고 말이다.

"못 가는 게 아니야. 좋은날을 기다리는 거지."

작은방 한켠
나의 트레킹 가방

*키로수는 지도상 거리가 아닌 실제 걸은 키로수

작은방 한켠
나의 트레킹 가방

엄마 없이 며칠을 있을 수 있을 것 같아?

"2주씩 여행을 다녀오자."
결혼 이후에는 남편과 늘 함께였고 출산 후의 여행은 대부분 가족여행이었다. 꼬물 꼬물 커가는 아이들과 함께하는 여행은 그것으로 좋았다. 새로운 환경을 맘껏 누리는 모습을 보면 잘 왔다 싶었으니까.

아이들이 우리의 손을 덜 타게 되고 걷기와 트레킹을 취미로 가진 이후로는 트레킹에 집중하며 시간을 보내고 싶어졌다. 제주도 가족여행때는 남편과 하루씩 자유여행을 하기도 했다. 여행 기간동안 매일 함께 있다 보니 혼자만의 시간이 필요하다 느꼈다. 남편은 여유롭게 영화관으로 가 보고 싶은 영화를 보았고 나는 올레길을 걸었다. 제주의 풍경을 흠뻑 느끼며 걸었던 하루를 잊지 못한다.

첫째 은호가 8세, 둘째 지우가 5세가 되니 아이들이 제법 컸다고 느꼈다. 말도 잘 통하고 밥도 스스로 잘 먹고 화장실도 조금만 도와주면 되었다. 어느날 남편과 예능을 보다가
"우리 2년 뒤에 2주씩 돌아가며 여행을 해보는 게 어때?"

남편도 혼자 보내는 시간을 즐기는 편이고 결혼전에도 홀로하는 여행 경험이 있었다. 큰 고민없이 각자의 여행을 결정했다. 가장 현실적인 문제인 여행 경비는 한사람 당 월 6만원, 총 12만원씩 적금을 부었다. 가끔 생기는 부수입들도 여행 통장으로 넣었다. 그러면 일단 떠날 수는 있겠다는 생각이었는데 적금을 시작한 뒤로 갑자기 돈이 필요할 때도 여행적금은 건들지 않았다. 그러면 여행은 사라지는 것이니까. 나는 일찌감치 트레킹 여행으로 정하고 산티아고 순례길, 일본 올레길, 해파랑길을 염두해 두었다.

어느덧 2년이 흘렀고 아이들은 이미 잠자리 독립을 했다. 밤마다 재워줄 필요가 없어지니 더 자유로워졌다. 가까운 해파랑길 트레킹을 다녀오기도 하고 틈틈이 1박으로 백패킹도 다녔다. 주로 해안가에서 1인 텐트를 치고 다녀왔는데 시원한 바닷 바람이 좋아서 하다보니 나도 모르게 담력도 생기고 낯선곳에서 보내는 시간도 보다 즐거워졌다. 아이들과도 몇 차례 트레킹과 백패킹을 했는데 그 시간도 좋았다.

"엄마 오늘은 어디가?"
토요일 저녁, 백패킹하고 오겠다고 말하고 가방을 싸니 은호가 묻는다.
"화진 해수욕장 가려고. 은호도 갈래?"
"…가고 싶기도 하고 안가고 싶기도 해. 음…오늘은 집에서 더 놀고 싶어. 엄마 다녀와"
나가는 횟수가 늘어날수록 아이들은 쿨하게 보내준다. 엄마를 따라가기도 싫어하지만 걸어야 하고 잠자리가 불편하다는 걸 알기 때문이다. 아이들 걱정도 덜해졌겠다, 시간도 흘렀겠다 남편과 둘 중 이미 가고 싶어 몸이 들썩들썩한 내가 먼저 여행을 떠나기로 했다.

장소는 산티아고 순례길로 정했다. 평소 가지 못하는 먼 곳으로 가고 싶었고 프랑스와 스페인의 이국적인 풍경속을 천천히 걸어 보고 싶었다. 혼자 하는 여행이니 안전에 대한 고민도 있었는데 산티아고 순례길은 여행자도 꾸준히 있고 숙소도 많으니 도움이 필요할 때 요청할 환경도 되었다.

장소도 정했고 비행기 티켓을 끊어야 하는데 막상 시간이 가까워지니 여러 생각이 끊이질 않았다. '아무리 그래도 아이들이 아직 어린데 지금 가는 것이 맞나?', '간단히 국내여행을 다녀올까? 그러면 중간에 아이들을 만날 수 있는데', '왜 나는 머뭇거리지? 두려워서 미루고 싶은 마음인가?' 이런 저런 생각들로 한달여간 마음을 잡지 못하다가 어느날 밤 '갈 수 없는 결정적인 이유가 없는데 가지 않는다면 후회할거야. 출발이 고민 되는 이유가 가기 싫은게 아니라 두려운 마음인가보다'라 결론 내리고는 그 밤에 비행기표와 며칠간의 숙소를 모두 예매해 버렸다. 해보지 않은 것에서 오는 걱정은 막상 시작하면 사라진다는 걸 경험으로 배워왔기 때문이다. 여행은 갈 수 있을 때 가야한다고 말해주는 남편 덕분에도 더 용기를 낼 수 있었다. 신기하게도 생각의 갈피를 잡으니 두려운 마음이 설레임으로 바뀌었다.

은호와 지우에게 여행 이야기를 본격적으로 하기 전에 슬쩍 물어보았다.

"얘들아. 엄마가 혼자 여행을 좀 오래 다녀오고 싶은데 어떨 것 같아?"

"얼마나?"

은호가 묻는다.

"한 이주 정도?"

"히이~익! 2주나?…너무 길어"

"그래? 너무 길어? 그럼 얼마쯤 괜찮을 거 같은데?"

은호는 잠자코 생각하더니

"음…열흘??"

'열흘이라니…은호는 열흘은 기다릴 수 있다고 생각하는구나.'
속으로 쾌재를 부르고 겉으론 아무렇지도 않은 척

"열흘이면 좀 짧은데…엄마 왔다 갔다 하는데만 3-4일이 걸리거든…"

이후에도 이런 대화를 두세 번 더 나눴다. 그러고 나면 아이들은 이따금씩 엄마 없는 긴 시간을 상상해 보는 것 같았다.

여행을 일주일 남기고는 아이들에게 여행 경로를 설명해 주며 2주의 여행을 다녀와야 할 것 같다는 이야기를 해주었다. 아이들의 반응을 걱정하며 말을 이어갔다.

"엄마가 은호 지우 낳고 오래 오래 기다린 여행이야 잘 구경하고 올테니까 너희도 엄마 없는 시간 잘 탐험해봐. 탐험알지? 해보지 않은 경험을 해보는 것도 탐험이야. 아빠도 있고 일주일 뒤엔 할머니도 계실거야. 엄마 보고 싶을 땐 언제라도 전화하면 목소리도 들을 수 있고 얼굴도 볼 수 있어. 엄마 다녀와도 되겠지?”

가만히 듣고 있던 아이들이 침울한 표정으로 고개를 끄덕였다. 예상보다는 잘 보내줬다. 울고불고하면 어쩌나 했는데 눈물 찔끔으로 끝났다. 결정 되어버린 사실을 어쩔 수 없이 받아들인 것도 있겠지만 엄마의 여행을 응원하고 있다는 느낌도 받았다. 그래서 더욱 고마웠다. 아이들에게 얘기하고 나자 그때서야 여행이 실감이 났다.

여행 경로

IN 파리 - 바욘역 - 생장 피드 포트 -
보르다 알베르게 - 론세스바예스 -
수비리 - 팜플로나 - 푸엔테 라 레이나 -
에스텔라 - 로스 아르코스 - 로그로뇨
나헤라 - 산토도밍고 - 부르고스 -
마드리드 OUT

부르고스를 종착지로 정한 이유

프랑스 입국

"잘 다녀올게!"

포항 시외버스터미널에서 공항리무진 버스를 탔다. 가족여행을 하면 남편이 늘 일정과 이동수단을 책임졌다. 여행때마다 완전히 의지했던 남편과 멀어지니 정신을 똑바로 차려야 한다는 다짐을 하게 된다. 밤 11:20분차를 시작으로 꼬박 하루 반이 걸려 프랑스 샤를르 공항에 도착했다.

멀긴 멀구나. 피곤에 지친 몸으로 온라인 유심이 잘 되는건지 공항에서 확인하고 첫 날 묵을 숙소에 전화를 걸었다. 구글 번역 앱으로 할 말을 번역해 놓고

"안녕! 나 공항에 도착했어. 셔틀버스를 타고 싶어."

얼마 뒤 흰색 봉고차가 도착했다. 불어를 쓰는 관광객들 사이에 트레킹 차림의 유일한 동양여자인 내 존재를 확인하고 나니 여행을 오긴 왔구나 싶다. 숙소에 도착하니 살 것 같았지만 너무 지친 탓인지 입맛이 없었다. 씻고 침대에 누워서는 내일 파리 시내로 이동하는 대중교통을 살폈다. 나 스스로가 못 미더워 확인하고 또 확인한다.

Gare
Train Station
火车站
PARIS
RER
B
Terminal
航站楼
2F,2G
SORTIE
7
SORTIE
7
L'ORÉAL
UNESCO
AWARDS
For Women
in Science

산티아고 순례길이라 불리는 이번 트레킹 코스는 여러 갈래가 있다. 그중에 고른 코스는 프랑스 생장 피드 포트에서 시작해서 스페인으로 이어지는 프랑스 내륙길 코스다. 보통 생장에서 출발해 종착지인 콤포스텔라 대성당까지 걸어가면 35~40일 정도의 시간이 소요된다.

나는 2주의 시간을 쓰기로 했으니 코스를 다시 짜야했다. 짧은 일정으로 오는 사람들은 보통 레온이나 사리아에서 시작해서 콤포스텔라 대성당까지 간다. 순례길이니 종착지로 가는 의미가 크기 때문이다. 나는 생장에서 3분의 1지점인 부르고스까지 가기로 했다. 이유는 몇가지가 있는데 먼저는 프랑스에서 스페인으로 걸어서 국경을 넘어보고 싶었다. 코스 시작점 부근에 국경이 있기 때문인데 여권없이 그저 걸어서 넘어보고 싶었다. 국경지대에 있다는 압도적인 풍경의 피레네 산맥도 경험하고 싶었다. 그리고 종착지에 가까워질수록 여러 갈래에서 모여드는 사람들이 많다고 들어서 시작점엔 사람이 적다는 것도 매력적이었다. 조용히 걷고 싶었다. 예수님의 제자인 야고보의 유해가 있다는 콤포스텔라 대성당까지 도착하는 순례길의 의미보다는 그저 자유롭고 호젓하게 걷고 싶은 마음이었다.

내일은 오르세 미술관을 들러 하루를 꼬박 보낸 뒤 야간열차를 타고 트레킹 코스 시작점인 생장 피드 포트로 이동한다.

아무 길로나 걷기

오르셰 미술관 가는 길

파리 시내로 들어와서는 바짝 긴장했다. 철도인 RER B를 타고 이동하는 동안 소매치기가 있을까 싶어서다. 파리를 포함한 유럽에 소매치기가 극성이라는 이야기를 많이 들었고 동양인으로 트레킹복에 트레킹화, 트레킹 가방... 나는 누가봐도 관광객이었다. 몽파르나스 역에서는 한국말로 소매치기를 조심하라는 방송이 나왔는데 한국인 대상으로 하는 소매치기 범죄가 얼마나 많으면 이런 방송이 나올까 싶었다.

포트로얄 역에서 내려 오르셰 미술관으로 걸어갔다. 몇 정거장을 미리 내린 것이다. 파리시내를 한껏 걸어보고 싶어서였는데 건물 앞 벤치에 앉아 커피 한 잔의 여유를 부리는 사람들이 눈에 들어왔다. 나도 여행에 적응이 되면 저런 여유를 부려봐야겠다고 생각했다.

얼마 지나지 않아 거리에서 군밤을 파는 아저씨가 보인다. 파리에도 밤이 있구나. 반가운 마음에 하나씩 까먹으며 오르셰 미술관으로 향했다. 방향만 확인하고 발길 닿는대로 걸었다. 길을 모르니 아무 골목이나 선택하며 걷는 즐거움이 있었다. 상점 하

BAPTISTE
BRIM
7

나하나 살피는 즐거움을 누리며 걸어갔다.

오르셰 미술관은 인상주의 화가들의 작품들이 모여 있는 곳이기도 하다. 파리로 입국하기로 결정하고부터 하루를 이 곳 일정으로 빼놓았다. 미술관을 혼자 가는 것은 너무도 오랜만이어서 내 속도대로 한껏 보고 오자며 기대하며 향했다.

미리 티켓을 구매한 덕에 빠르게 들어갈 수 있었고 인상파 주요 화가들의 그림이 있다는 5층으로 직진했다. 5층에서 아래로 찬찬히 보며 내려올 생각이었다. 그곳에 유독 사람이 많았고 그 중에서도 빈센트 반 고흐의 <자화상>에 사람이 몰려 있다. 한 그림도 빼놓지 않고 눈에 담으려고 5층을 두 번 천천히 돌았다. 에드아루 마네의 <풀밭위의 점심식사>나 클로드 모네의 <루앙대성당> 연작을 눈 앞에서 보다니. 이 색감과 질감을 카메라와 인쇄물을 거치지 않고 내 눈에 담을 수 있다니. 무엇보다 다른 신경을 쓰지 않고 오롯이 작품을 감상할 수 있다는 사실에 행복감이 차올랐다. 남편에게 카톡으로
"나 너무너무 행복해"
말하지 않고서는 견딜 수 없는 행복감이다.

오르셰에서 오랜 시간을 머무르며 많은 그림을 집중하며 보느라 진이 빠졌다. 그러면 잠시 쉬다가 '아니 내가 지금 세잔의 그림 앞에 있잖아!' 하고는 다시 에너지가 충만해져서 그림을 보고 다시 진이 빠졌다가 그림을 보는 것을 계속 반복했다. 미술관 문닫을 시간이 다가오자 1층에 있던 조각상들을 뒤로 하고

나가려는데 어린이부터 할머니 할아버지까지 많은 사람들이 종이와 펜을 가지고 와서 조각상을 보면서 드로잉을 하고 있다. 교과서에서나 볼 수 있는 예술품으로 드로잉이라니. 여행 오기 전 막판에 가방에서 드로잉북과 펜을 꺼낸 것을 후회했다. 가방 무게를 줄이려고 고심하고 고심했던 것인데 나도 어딘가에 앉아 그림을 그리고 싶다는 생각이 들었다. 그 풍경이 오래도록 남았다.

오르세 미술관에서 나와 열차를 타야 하는 오스테를리츠역으로 걸어서 이동하는 중에 은호에게 전화가 왔다. 평소 감정표현을 잘 하지 않는 은호가 내 목소리가 듣고 싶다고 하는 얘길 들으니 보고 싶고 안쓰럽다. 앞으로 엄마 없는 시간이 얼마나 막막할까 싶었다.
"은호야 엄마는 지금 파리야. 부르마블에서 봤지? 프랑스 파리."
"응 알아. 에펠탑도 있잖아. 책에서도 봤어. 엄마 사진 많이 찍어 와서 보여줘"
"응 그럴게. 엄마가 사진 많이 찍어가서 보여줄게."
통화를 마치니 몸이 멀어져 있다는 사실을 자각하며 마음 저쪽이 가라앉는 느낌이다. 여행 시작한지 얼마 되지도 않았는데 마음 약해지지 말자고 다짐한다.

세느강 옆을 지나가는데 사람들은 강가에 걸터앉아 이야기를 하거나 맥주를 마시고 있다. 서로의 어깨에 기대어 강을 바라보는 커플도 보인다. 빠르게 걷던 걸음 속도를 늦추었다. '파리의 퇴근 시간인가?' 시간이 흐를수록 자전거를 타는 사람, 조깅하는 사람들도 많이 보인다. 풍경 때문인지 나도 조금씩 여유를

찾아가고 있었다.

가는 길에 노트르담 대성당도 잠시 구경했다. 특히나 이곳에 소매치기가 극성이라는 이야기를 들어서 모두를 의심하는 와중에 5-7살로 보이는 원복을 입은 아이들이 다리위에 일렬로 앉아 있다. 지우가 경주 월정교를 방문했던 어린이집 사진이 떠오른다. '귀엽기도 해라'

걷다보니 해가지고 비가 부슬부슬 내리는데 우산이 없어서 옷에 달린 모자를 쓰고 걸었다. 짐을 줄인다고 갈아입을 옷을 딱 한 벌 가져왔는데 웬걸 파리에 도착하고 보니 생각보다 추운것이다. 어쩔 수 없이 갈아입을 옷까지 겹쳐 입었는데도 하루종일 날씨가 쌀쌀하게 느껴졌다.

춥기도 하고 슬슬 배가 고파 근처 골목에 있는 중국집으로 가서 완탕과 야채볶음을 시켜 먹었는데 뜨끈한 국물이 좋았다. 몸이 따뜻해지면서 살 것 같다.

다시 역으로 가려고 길을 나서는데 3분 정도 걸었을까. 좁은 골목길에서 낯선 남자 두명이 서로 나를 쳐다보며 빠르게 걸어온다. 한 남성이 매우 가까이 와서 말을 걸길래 순간 노! 라고 외치고는 옆에 메고 있던 작은 가방에 손을 올리고 빠른 걸음으로 큰길을 향해 걸었다. 심장이 쿵쾅쿵쾅. 어서 빨리 생장으로 가고 싶다고 생각했다.

ORDRE
DE
LA ROSE
ORDRE
DU
DOUBLE
DRAGON
ORDRE
DE
SAINT - HUBERT

LEGION D'HONNEVR
MVSEE

야간 침대열차를 타고

파리 오스테를리츠역에서 생장 피드 포트

오늘 생장으로 이동하는 밤열차를 타기 위해 오스테를리츠역에서 야간 침대열차를 탄다. 역사에 도착하니 아직 두어시간 남아서 편의점에서 주전부리를 사와 먹고, 핸드폰을 충전하며 열차를 기다렸다. 시간이 지날수록 나와 비슷한 차림의 사람들이 하나 둘씩 모였다. 우연히 고개를 돌리니 쓰레기통 부근에 생쥐가족 7-8마리가 줄을 맞춰 이동하는 것이 보인다. 디즈니 에니메이션 같아서 혼자 피식 웃었다. 소리지를 광경인데 여행지에서 보니 뭐든 신기하고 재밌다.

기차가 도착해서 배정받은 호실로 갔는데 뭔가 이상하다. 낯선 서양 남자 둘이 같은 호실이라는거다. 작은방에 3층 침대 두개가 마주보고 있는 구조인데 분명 여성전용칸 3층을 신청했는데 키 큰 장정 넷 사이 2층에 배정되어 있다.

'아우 불편해…' 열차가 출발하면 화장실을 오픈하는데 칫솔질을 하자마자 침대칸에 바로 누웠다. 피로가 쌓이기도 했고 맨정신에 누워있기는 힘들 것 같아서… 아직 여행지에 적응을 못해 모든 것이 낯선데 서양 남자들 사이에 누워있자니 기분이 이상

한거다. 한국에서는 이런 경험을 할 일이 없으니 생경한 느낌이다. 피곤한 탓에 눕자마다 잠이 들었다.

6시간 푹자고 눈을 뜨니 아직 다들 잠들어있다. 컴컴한 침대칸, 덜컹덜컹하는 열차 특유의 소리와 적막함이 함께 느껴진다. 집에서 부터 멀리 멀리 왔구나 실감이 되는 순간이었다. 갑자기 이 모든게 낯설어져서 기분이 이상했다.

30분 뒤 바욘에 도착 후 다시 환승해서 생장으로 간다. 지금 내 모습은 후줄근 꾀죄죄의 끝장판. 제대로 씻지도 못하고 트레킹을 시작하게 된다. 그래도 다행인 건 오늘 묵을 숙소로 가려면 가볍게 7.5km만 걸으면 된다. 일단 생장으로 가서 순례자 사무실에 들러 등록을 해야 한다.

생장에 도착하다

오전 10시에 트레킹 시작점인 생장에 도착했다. 자주색 벽돌로 만들어진 건물들이 아름답다. 건물 하나하나 정성스럽게 관리된 듯 보이고 동네 한가운데에 축구장과 공터가 있다. 그 점이 가장 맘에 들었다. 운동하는 아이들의 시끌벅적한 소리가 여기저기서 들렸다.

가장 먼저 순례자 사무실에 들렀다. 그곳에서 크리덴시알이라고 하는 순례자 여권을 발급해주는데 이 여권이 있어야 트레킹 코스에 있는 알베르게라고 하는 순례자 숙소에서 머물 수 있다. 간단한 인터뷰와 서면을 작성하고 여권을 발급받았다.

"혹시 한국인이세요? 뭘 물어보던가요?"

내 뒤에 줄을 서 있던 바욘에서 봤던 20대 남성이다. 한국인들 셋이 함께인데 분명 따로 온 듯 보였는데 금세 친해진 것 같다.

"길도 안내해 주고 오늘 어디까지 가냐고 묻더라고요. 지금 시간이 늦어서 나폴레옹길로 가려거든 내일 가라고 하네요."

"아...지금 출발하려고 했는데...내일 출발하세요?"

"저는 코스 중간 지점 보르다 알베르게를 예약해서요. 지금 출발해요. 7.5km라 갈 수 있어요."

"아...저는 오늘 론세스바예스에 있는 알베르게를 예약했는데 고민이네요."

보통 첫코스로 선택하는 생장에서 론세스바예스까지는 약 27km 인데 해발 1,450m의 피레네 산맥을 넘는 길이라 적어도 8시간을 잡아야 한다. 그래서 아침 일찍 가야 한다고 안내 했던 것인데 그 남성은 도착지 알베르게에 예약을 해두어서 고민인가보다.

사무실에서 후원금을 내고 기념품 가리비도 받아 달았고 사무실 한켠에 배낭의 무게를 달아볼 수 있는 추가 있어서 달아봤다. 6.5kg. 내 가방은 작은 편이다. 무릎이 감당할 수 있는 무게로 싸오려고 속옷도 한 벌, 갈아신을 양말도 하나다. 사무실에 모여든 사람들을 보니 보통 내 가방의 두배가 넘고 어떤 사람들은 몸의 절반이 넘어보이는 배낭을 메고 있다. 추 옆에는 한국말로 '가방은 자신의 몸무게 20%을 넘지 않아야 합니다' 라고 씌여있다.

여유롭게 출발하려고 천천히 주변 구경도 했다. 식당이 대부분 문을 달아 근처에 까르푸에서 사과, 바나나, 요거트, 구운 닭고기, 과도까지 사버렸다. 오늘 첫 트레킹이니 잘 먹자고 사온 음식들인데 이걸 끙끙 들고는 생장에서 가장 뷰가 좋아보이는 곳으로 올랐다. 생장의 그림같은 풍경이 한눈에 들어오는 언덕에서 짐을 내리고 한참을 내려다 보았다. 구운 닭고기와 요거트로 늦은 점심을 먹었는데 사진에서 보던 풍경을 앞에 두고 먹으니 뭔가 벅차오른다.

GR
10
GR
65

7.5km가 만만치 않네

신발 끈을 고쳐 신고 출발했다. 프랑스 내륙길 첫날 코스는 두 갈래인데 피레네산맥을 넘어가는 험한편인 나폴레옹길과 완만한 길이 이어지는 발카로스 길이다. 나는 나폴레옹길로 가려는데 출발부터 입구 찾는데 한참이 걸려 고생했다. 자신만만하게 시작했는데 걷는 내내 오르막길이었다. 오르막의 경사가 생각했던 것보다도 가팔라서 자주 쉬지 않으면 안되었다. 계속 오르막이다보니 눈 앞 가까이 있던 건물들이 짧은 시간 안에 점점 작아진다. 경사를 오를 수록 메고 있는 가방이 무겁게 느껴졌다. '비교적 작은 내 가방도 이렇게 무겁고 힘든데 사람들은 저 큰 가방을 어떻게 메고 걷는거지?' 드물게 나를 지나치는 사람들을 볼때마다 의아했다.

언덕을 오르는데 지천이 밤나무다. 인적이 드물어 아무도 줍지 않은 알밤들이 발에 치이고 치인다. 힘이 들어 앉아 쉴 때 생밤을 몇 개 까서 먹기도 했다. 내가 기운만 있었어도, 가방이 이렇게 무겁지만 않아도 한봉지 주워서 쪄먹으면 좋으련만.

경사가 유독 심했던 아스팔트길에 앉아 헉헉대니 지나가던 두

여성이 걱정스레 묻는다.

"아 유 오케이??"

"…아임 오케이!"

걷는 와중에 갑자기 바람이 세게 불고 비가 내렸다. 다시 해가 뜨다가 바람이 세게 불다가 변화무쌍한 날씨가 이어졌다. 날씨에 치여 터덜터덜 걷고 있는데 돌바닥 위에 귀여운 도마뱀이 보이자 반가운 마음에 핸드폰을 꺼내 찍었다. 도마뱀을 좋아하는 아이들 생각이 나서였다. '보여주면 좋아하겠지…' 생각하고 있는데 남편에게 카톡이 왔다.

"지금 걷는 중? 지우가 엄마 보고싶대"

"응 지금 통화해요"

따르릉….

"지우야~~"

"엄마 엄마 엄마 엄마 엄마…"

지우는 내 목소리를 듣자마자 엄마만 부른다.

"엄마 많이 보고 싶었어? 엄마도 많이 보고 싶었어~"

"엄마 엄마 엄마…"

지우가 약간 울먹이며 무슨 말을 할지 몰라 나만 부른다.

"여기 프랑스인데 밤나무가 많아~ 도마뱀도 봤는데 은호 지우 보여주려고 엄마가 찍어놨어~ 여기는 지금 밝은 낮인데 거기는 밤이지? 엄마는 지금 엄청 가파른 언덕을 오르고 있어. 엄마 오늘도 잘 걸어갈게! 지우는 엄마가 보고 싶을 때 언제라도 전화해 알았지?"

"…응 엄마 사랑해"

통화를 마치고 아이들 보여주려고 찍은 도마뱀 사진이랑 풍경

REFUGE

사진을 보내줬다. 통화를 마치니 가슴 아래쪽이 아리다. '뭐 대단한 거 한다고 아이들 마음을 힘들게 하나' 라는 자책도 올라왔다. 통화 후 남편과 이런 저런 이야기를 주고 받다

"얘들이 엄마를 부러워 하는 것 같아" 라는 남편의 말에

"그래? ...음...아이들이랑 걸었으면 좋았을 것 같아"

그러자 남편이 단호하게 말한다.

"아니, 혼자 걷는게 좋아!"

"...그치?"

남편은 T같은 F다. 그래서 좋다. 아이들과 걸을 좋은 날도 오겠지. 지금은 나를 위한 시간으로 떼어놓은 것이니 그렇게 원하던 혼자만의 시간을 잘 누리는 것이 좋겠다고 생각한다. 미안하고 안쓰러운 마음을 환기시키며 스스로를 다독였다.

가파른 언덕길은 끝없이 이어졌다. 저기 보이는 곳이 숙소일까 싶으면 도착지 대신 다음 언덕, 가파른 길이 계속 이어졌다. 숨이 턱까지 차올랐을 때 나무그늘 밑에서 사과를 한 알 베어먹는데 신선한 단맛에 정신이 번쩍 들었다. 다시금 올라온 길을 내려다보니 이제는 건물이 콩알만하게 보인다. '아니 7.5km가 왜이리 먼거야' 혼자 투덜대며 다시 걸었다. 소와 양의 똥이 여기저기에 있다. 똥 색이 짙은 초록색인데 풀을 먹어서인지 냄새도 덜했다. 처음엔 똥을 피해 걷다가 어느 순간 포기하고 그냥 걸었다.

저멀리 오리손 산장이 보인다. 유튜브에서 봤던 산장인데 첫날 유일하게 맥주 한 잔을 할 수 있는 산장이어서 기다리던 곳이다. 그러나 가까이 가보니 사람도 없고 문도 닫혀있다. 문에 붙

여진 안내문을 보니 어제까지 운영을 한 모양이다. 10월 15일까지라 적혀있는데 이곳 나폴레옹길은 고도 때문인지 11월 부터는 눈이 내리기 시작해 길이 폐쇄된다 들었는데 산장이 미리 문을 닫았을거라 생각지 못했다. 테라스에 앉아 생맥주 한 잔 마시고 출발하는 것이 로망이었는데 못내 아쉽다.

쉽게 떠나지 못하고 근처 담장에 걸터앉아 있는데 외국인 남성과 여성 한 명이 다가온다. 오늘 걸으면서 만난 네번째 여행객이다. 늦게 출발한 탓에 유독 사람이 없었다. 키가 크고 이목구비가 뚜렸한 장발의 남성이 물었다.
"여기 문 닫았어?"
"응. 아마도"
둘 다 난감한 표정이다. 체념한 듯 경로 안내 브로셔를 보더니 다음 알베르게로 가자며 일어섰고 나도 얼마 후에 출발했다.

보르다 알베르게 1km 라는 이정표를 한참 지나왔는데 알베르게는 안 나온다. 대신 어마어마한 풍경이 이어진다. 그 두 남녀는 절경이 보일때마다 풀밭에 앉아 경치를 구경하고 사진을 찍으며 쉬고 있다. 그 모습을 보며 '나는 왜 조급해져서는 도착지만 찾고 있나' 돌아보게 된다. 이후엔 여유를 가지고 경치를 감상하며 걸었다.

드디어 숙소 도착. 공기도 차갑게 바뀌고 조금씩 어둑어둑 해질 즈음이다. 숙소 앞에 양떼들이 풀을 먹고 있었고 보르다 알베르게는 인터넷으로 보던대로 정갈하고 고즈넉했다.

공병철이라고 알아?

알베르게 보르다

"안녕! 혹시 공병철이라고 알아?"

체크인하러 식당 겸 사무실로 들어서는데 주인 로렌조가 묻는다.

"모르는데…"

그가 노트북 앞에 앉아 심각한 얼굴을 하다가 내게 성큼성큼 가까이 오더니

"네가 나를 도와줘야 해"라고 말했다.

번역 앱으로 자세한 상황을 듣고 보니 지금 숙소가 꽉 찼는데 예약을 하지 않은 브라질 국적의 여성이 재워 달라 한다고. 그런데 예약자 중 아직 체크인을 하지 않은 사람이 한국인 공병철씨라고 했다. 늦은 시간까지 연락이 안되니 한국인인 네가 연락을 해줄 수 있느냐는 것이었다. 왓츠앱(우리나라 카톡 같은)도 보지 않고 전화도 안된다고. 그가 이곳으로 오고 있는지 모르겠다고 했다. 결국 내가 문자로 연락했더니 어렵게 연락이 닿은 그는 오리손 산장을 지나는 중이라고 했다.

"곧 도착합니다!"

나중에 보니 브라질 국적의 여성과 이후에 도착한 커플 모두 거실 통로와 짐을 두는 1층 공간에 매트리스를 깔고 재워주었다.

저녁부터 내린 비가 밤에는 번개를 동반한 폭우로 변했다. 아늑한 산장에 있으니 그 나름의 운치가 있었다. 7시에 저녁을 먹으라고 해서 갔는데, 이름, 어디서 왔는지, 까미노를 걷는 이유가 무엇인지, 어디까지 가는지 등을 돌아가며 나누는 시간을 가졌다. 식당에 모인 사람이 15명 남짓이었는데 다 듣고 보면 한 시간이 지나간다…너무 배고픈데…나는 안되는 영어로 더듬더듬 말한다. 나눔의 시간이 있는 것을 알았던 터라 미리 이야기를 준비했는데도 긴장이 되었다. 나는 두아이의 엄마인데 혼자만의 시간을 가지고 싶어서 까미노를 걷고 있다고 했다. 아이들 이야기가 나오자 사람들의 표정이 더 따뜻해졌다. 사람들은 아이들이 몇 살인지, 지금은 누구와 있는지 같은 소소한 질문을 했다. 처음 만난 사람들한테 은호와 지우 이야기를 하니 기분이 이상했다. 로렌조는 중간 중간 불어와 영어, 스페인어로 통역해주면서 소통을 돕는다. 사람들은 환대의 마음을 기본으로 장착한 듯 서로 배려해준다. 물을 따를 때도, 음식을 나눌 때에도.

긴 나눔이 끝나고 로렌조는 한쪽의 주방에서 음식을 하나씩 나른다. 오늘 밤 가장 바쁜 사람이다. 저녁으론 야채스프가 먼저 나오고 본식으론 부드러운 라쟈냐와 고기야채볶음, 디저트로 쌀푸딩이 나왔다. 내 입에는 딱 맞아서 맛있게 먹었다.

공병철씨가 옆자리에 앉아 얘기를 나누었는데 울산 화학단지에서 일한다고 했다. 23일정도 연차와 휴가를 써서 오셨다고. 그런데 23일만에 도착지인 콤포스텔라 대성당까지 간다고 했다. 비행, 이동 시간을 빼면 19일 남짓일텐데…보통은 34일 정도로 가는 여정을 10일 이상 단축해서 가는 것이다.

"오메나. 진짜요??"

"중간에 3일 정도는 자전거 탈거에요"

"그래도..그럼 하루에 30키로 이상씩 걸으시는 거에요 계속?"

"30-40키로 정도? 뭐…괜찮죠 뭐"

공병철씨는 그 정돈 아무일도 아니라는 듯이 얘기한다. 평소 등산을 다닌다고 했는데 확실히 고수의 느낌이 난다. 역시 한국 등산러들은 다르다. 공병철씨에게 보폭은 좁게, 속도는 조금 빠르게 걷는 트레킹 보법도 배웠다.

식사와 교제를 마치니 9시가 넘어간다. 영어와 스페인어, 불어의 홍수속에서 눈치 보다 보니 피곤이 쌓여 기절할 것 같다. 침대에 쓰러져 잠이 들었다.

폭우 속에서 트레킹

보르다-론세스바예스 17.5km

8시가 되어서야 서서히 해가 떴다. 구름이 가득하고 빛도 오묘한 풍경을 숙소 마당에 서서 바라보았다. 정상 부근에서 바라보는 피레네 산맥이 장관이다. 함께 숙소에서 보낸 일행들이 준비를 마치고 해가 뜨기를 기다리고 있다. 안전하게 걸을 수 있는 시야가 확보되자 하나 둘 출발한다. 오늘부터 3일간 비 예보가 있다고 했다. 우비를 점검하고 생수통에 물을 담았다. 로렌조에게 물을 어디서 받느냐고 물었더니 야외 수돗가를 가리킨다. 어느곳의 물도 다 마셔도 된다고 했다. 스페인은 물이 맑다고 한다. 이후에 알베르게에서도 화장실 세면대에서 물을 받는 여행자들을 종종 보았다.

오늘 도착지인 론세스바예스까지 약 17.5km이다. 도착 지점까지 마땅히 쉴 곳도, 화장실도 없는 구간이다. 순례객이 많은 9월까지는 중간중간 봉사자들이 운영하는 푸드트럭도 있다고 하는데 지금은 모두 운영하지 않는다. 출발할 때는 미스트 같은 보슬비가 내려서 모자도 썼겠다 그냥 걷고 있었는데 30분쯤 지났을까 엄청난 소리로 번개가 치더니 폭우가 쏟아졌다. 고요함 속에서 소리가 얼마나 크던지 몸이 뒤로 젖혀질 만큼 깜짝 놀랐

다. 번쩍번쩍하는 천둥번개가 계속 이어졌다. 하늘이 환히 뚫린 듯한 곳에서 소리가 쾅하고 날 때마다 번개 맞을까 걱정이 되었다. 굵은 빗방울에 놀라 잽싸게 판초우의를 입었는데도 몸이 많이 젖었다. 신발과 양말에도 순식간에 물이 들어왔다. 아침에 씻고 뽀송한 양말을 신을 때 기분이 좋았는데 처음 느껴보는 질퍽한 기분이다.

나와 비슷한 속도로 걸은 한국인 남자 두 명이 있다. 50대 후반으로 보이는 남성과 그의 아버지이다. 무려 83세. 어제 저녁시간에 함께 이야기 나눌 때 파리에서부터 걸어 오신 프랑스인 피터 할아버지가 72세였다. 그때도 놀라웠는데 한국 할아버지가 나이를 이야기 하자 모두에게 박수 갈채를 받았다.

"저는 경주에서 왔는데 어디서 오셨어요?"
어느 지역에서 오셨냐는 물음이었는데 할아버지는
"체육진흥회에서 왔어요"
'체육진흥회⋯?' 단체 소속으로 꾸준히 운동을 해오신 것 같았다. 허허 웃으시며 만만치 않은 경사를 오르 내리는 모습을 보고 체육진흥회가 어딘지는 확실히 모르지만 대단한 곳이 분명하다고 생각했다.

오늘 걷는 길이 완만할거라고 생각했는데 대부분 엄청난 경사의 내리막길이었다. 비는 계속 내리고 내리막 자갈에 빗물은 쾅쾅 흐르고⋯ 빗속에서 걷는 것이 너무 고되서 한숨을 푹푹 쉬다가 다시 경치를 보며 마음을 다잡고 걸었다. 얼마쯤 지났을까 스페인으로 진입했다는 문자를 보고 그제서야 국경을 넘었다는 걸 알았다. 비는 쉬지않고 내려 비 피할 곳이 없어서 판초우의 안으로 맨 가방을 내릴수가 없었다. 조금만 더 가서 쉬자. 조금만 더...하다보니 5시간이 넘도록 쉬지 않고 걸었다. 몸은 힘든데 경치가 마음을 환기시킨다. 양떼를 모는 개도 구경하고 한가롭게 경사 심한 언덕에서 풀을 뜯는 소들도 만나고…낯선 숲 안에서의 느낌도 좋았다.

아무리 걷고 걸어도 알베르게가 나오지 않는다. 비 피할 곳이 없어서 점심도 넘기고 화장실이 가고 싶을까 봐 물도 마시지 않아서 알베르게를 애타게 찾았다. 출발한지 6시간쯤 되었을 때 풀린 다리로 론세스바예스에 도착했다.

공병철 아저씨를 론세스바예스에 있는 바에서 다시 만났다. 나는 우비를 입고도 몸은 다 젖어 미역같은 행색으로 도착했는데 그는 앉아서 우아하고 차분하게 커피 한 잔을 마시고 있었다.
"오셨어요? 커피 한 잔 하세요. 저는 다음 마을 숙소 예약하고 있어요. 예약 안하면 더 걸을까 싶어서요"
"아…네…예약을 안하면 본인이 더 걸으실 거 같아 예약을 하신다는 거죠?"
"예…뭐…허허"
조금 있다 가방에서 짜먹는 에너지 간식을 꺼낸다.
"이거 갖고 있다가 죽을꺼 같다 싶을 때 하나씩 먹어봐요. 아무 때나 말고 딱 죽을 것 같다 싶을 때"
그의 말을 듣고서야 죽을 것 같다 싶을 때 걷는 사람도 있다는

걸 깨달았다. '난 그럴 때 버스나 택시를 탈건대요…' 라고 속으로만 말하고
"네 그럴게요 고마워요"
한국에서 싸온 물건을 나눈다는 것이 어렵다는 걸 알기에 진심으로 고마웠다.

시간이 조금 흐른 뒤 72세의 프랑스인 피터 할아버지, 그리고 83세의 한국인 할아버지와 아들이 차례로 도착했다. 이 놀라운 할아버지는 나보다도 산 경사를 더 잘 넘어가시더니 바에서 나온 퍽퍽한 샌드위치도 맛있게 드신다. 좁은 바에 어제 함께 묵었던 일행들이 하나 둘 도착하자 반가운 마음이 들었다.

산티아고엔 한국인이 많아?

알베르게 론세스바예스

깊은 산 속에 영화에나 나올 법한 성당이 자리잡고 있다. 13세기에 지어졌다는 고딕 형식의 산타마리아 왕립 대학 성당이다. 이곳에 큰 규모의 알베르게가 있다. 순례자 사무실에서 발급받은 순례자 여권인 크리덴시알이 있으면 알베르게에 묵을 수 있는데 이곳에는 약 200명을 수용할 수 있다고 한다. 굉장한 규모다. 그럼에도 여름 성수기때는 자리가 없는 날도 있다고 하는데 이 부근 숙소는 여기뿐이라 보르다 알베르게처럼 바닥에 매트리스를 깔아서라도 재워준단다.

체크인하며 번호표를 받고 올라가보니 숙소층 넓은 공간에 2층 침대가 계속 이어져 있다. 다리가 후들거려 2층에 배정되면 어쩌나 싶었는데 다행히 1층이다. 나와 비슷한 속도로 이동한 무리는 보르다부터 온 사람들이라 비교적 일찍 도착했다.

3시쯤 지나자 생장에서부터 걸어온 사람들이 하나 둘씩 들어와 젖은 옷을 벗고 짐을 정리한다. 오늘 내내 비가 와서 조금이라도 무언가를 걸어둘 수 있는 곳에는 사람들의 우비로 가득했다. 먼저 씻고는 피곤한 몸으로 침대에 기대어 속속 도착하는 사람

들을 보니 존경심이 우러나온다. 정말 대단한 사람들이다. 나보다 약 7.5km를 더 걸은 사람들. 몇 시간에 걸쳐 사람들의 도착 행렬이 이어진다. 그러다 견딜 수 없는 냄새가 나기 시작하는데 바로 발냄새다. 숙소에 신발은 들고 올 수 없고 1층 신발방에 둔 다음 맨발이나 슬리퍼로 갈아 신고 올라온다. 좁은 침대도, 소음도 정말 다 괜찮은데 말로 형용할 수 없는 몇 십명의 꼬린내는 견디기가 쉽지 않다. 빗속에서 얼마나 고생했을까 싶으면서도 괴롭다. 다 씻은 저녁이 되고 나서야 어느 정도 괜찮아졌다.

이곳 숙박비는 15유로인데 세탁과 건조 서비스를 맡기면 7유로다. 비교적 비싼 가격 때문에 손빨래를 하는 사람들이 많지만 나는 손빨래는 절대 하지 않는 사치를 부리고 있다. 나에게 주는 선물같은 여행인데 되도록 집에서 지겨워하던 빨래는 하지 말아야지 싶다. 빨래를 맡기고 두어 시간이 지나 찾으러 가보니 비에 젖어 축축하던 옷들이 뽀송뽀송하게 말려져있다. 별것 아닌 것에 또 깊은 행복감을 느꼈다.

성당에서 6시에 미사가 있다고 해서 다녀왔다. 고풍스런 성당에서 미사를 드려보고 싶었고 내부도 궁금했다. 들어서니 높은 창들에 형형색색의 스테인드글라스가 아름다웠다. 사람들은 20여명 정도가 있었을까. 미사는 스페인어로 진행하기 때문에 눈치보며 일어나고 앉고 눈을 감았다. 와중에 그리스도, 그라시아스, 아멘, 할렐루야는 알아들었다. 새로운 경험이었다. 카톨릭식 성찬도 참여하고 마지막에 순례자 축복을 하는 순서도 있었다. 알아듣지 못했지만 마음이 따뜻해졌다.

오늘 저녁은 따로 신청하지 않았는데 알베르게에서 밥을 먹으려면 또 이야기를 듣고 이야기를 해야 할 것이다. 더는 앉아 있을 기력도 없었다. 내겐 생장에서부터 이고 지고 온 바나나도 있다.

남편이 카톡으로 묻는다.
"산티아고 길에 사람들은 얼마나 있어? 한국사람은?"
"지금 성수기가 아니라서 사람이 많지 않아요. 숙소에는 100명은 안되보이고 60-70명 되려나?"
산티아고 길에 한국인이 많다고 들었는데 숙소에서 보니 대략 10~15%는 동양인으로 보인다. 그 중 대부분은 한국인으로 보였는데 홍콩인, 대만인도 있었다. 가끔 동양인을 마주치면
"한국인이세요?"
라는 말을 네 다섯 번 정도 들었다. 혼자 오는 사람이 많을거라 생각했는데 커플이나, 가족끼리 온 사람들이 많다. 만나면 인사하고 깊은 이야기도 주저 없이 하지만 출발할 때는 알아서 자기 갈 길 가는 분위기다.

론세스바예스에 도착하고 나면 그 이후부터 사람들이 줄기 시작한다는 이야기를 들은적이 있다. 첫날 산행이 예상보다 고되기도 하고 다치는 사람들도 종종 있어서다. 화장실에서 만난 40대로 보이는 여성도 앞으로의 일정이 자신이 없다며 울상이었다. 50대 후반으로 보이는 한국인 여성은 더는 못 걷는다며 포기하려고 남편에게 올 수도 없는 택시를 부르라고 생떼를 부리며 겨우겨우 도착했다고 한다.

자기 전 1층으로 내려갔다. 젖어있는 운동화에 휴지를 넣어 놓으면 다음날 신을 만 하다고 하길래 무거운 몸을 이끌고 꾸역꾸역 내려가니 60대로 보이는 한국인 여성과 이제 막 도착한 듯 보이는 20대 남성이 대화를 하고 있었다.

"이제 도착한 거에요?"

"네 아후...겨우 겨우 대피소까지 가서 전화했어요. 와 정말...도착 못하는 줄 알았어요."

그가 고개를 절래절래 저으면서 얘기한다. 해가 지고 8시가 넘어 도착했다는 그는 대피소에서 전화를 걸어 다른 이들의 도움으로 차를 타고 숙소에 도착했다는 이야기였다. 알베르게에 있는 봉사자들은 순례객들이 안전하게 도착할 수 있도록 여러 방면으로 도움을 주고 있었다. 첫날 숙소는 잘 도착했다는 안도감, 당혹감이 섞여 약간 흥분된 분위기가 만들어지고 있다.

조금 다른 일정

론세스바예스-수비리

아침을 잘 먹어야 하는 편이라 조식을 신청해서 식당에 가보니 4-5명이 앉아 있었다. 조용한 분위기 속에서 어색하게 인사하고는 아침을 먹었다. '그냥 혼자 편하게 바나나나 먹을 걸…' 뒤늦게 후회했다. 치즈랑 햄은 짜고 빵은 마른 듯 서걱거렸다. 6유로면 싼 편도 아닌 것 같은데… 앞으로 조식은 신중하게 신청해야겠다 생각했다.

비가 내려서 비옷을 갖춰 입고 나서려는데 입구에 서 있던 봉사자가 등산 스틱이 필요하냐고 묻는다. 스틱을 꺼내주며 필요하면 가져가라고. 순례자들이 일부터 놓고 가거나(피레네 산맥을 넘고 두고 가는 사람들도 더러 있다) 실수로 두고 간 등산 스틱이 여러개 있었다. 나는 짐을 줄이려는 생각과 평소 손목이 좋지 않아서 처음부터 가지고 오지 않았다. 괜찮다고 말했지만 봉사자들의 친절이 고맙다.

오늘은 버스를 타고 수비리로 이동한다. 일정상 12일 차에 부르고스(부르고스는 대도시라 공항이 있는 마드리드로 향하는 버스가 있다)로 가야해서 20-30km 되는 코스들을 두어번 대중교통으

로 점프하려고 한다. 산티아고 코스에 버스가 있는 경우는 드문
데 론세스바예스 알베르게 앞에서 수비리로 가는 버스가 오전
9:20분에 한 대가 있었다. 한국에서 구글맵으로 검색하고 찾은
정보라 과연 이 정보가 맞는지 긴장이 되었다.

모든 일행이 산티아고길로 떠나고 나니 이 넓은 공간이 텅 빈
것만 같다. 성당 본 건물 한쪽 귀퉁이에 앉아 있으니 기분이 이
상하다. 처음부터 다른 일정이고 나만의 여행을 할거라는 생각
으로 버스를 기다리면서도 이틀간 만났던 사람들과는 이제 안
녕이라는 생각이 드니 헛헛한 마음이다.

시간이 되자 다행히 예정대로 버스가 온다. 이 버스를 타고 수
비리로 가서 내린 곳에서부터 수비리-팜플로나 21km를 걷는
다. 수비리에서 10시쯤 출발할 예정이라 숙소에는 미리 늦는다
고 연락을 해 두었다. 보통은 6-8시쯤 출발이라 예약자를 기다
리는 숙소에서는 도착이 늦어지면 일방적으로 예약을 취소하
는 경우가 있다고 들었다. 일정이 걱정되지만 그래도 오늘은 알
베르게가 아닌 일반 숙소 단독룸을 예약해 두어서 혼자 잘 수
있다. 그래 다운 될 필요 없다. 오늘의 도착지는 안락한 침대인
것이다. 야호!

숙소 리뷰는 믿을 게 못 돼

수비리-팜플로나 30km

팜플로나 가는길에 가족과 영상 통화를 했다. 부지런히 걸어 팜플로나 시내에 가까워 가는 중이었다. 나는 2시가 조금 넘었고 한국은 씻고 자기전이었다.

"아이들이 당신 가는 다음 날부터 언제 오냐고 계속 물었어. 며칠 남았냐고"

"그랬구나..."

연락이 자주 없길래 씩씩하게 있나보다 싶었다.

"엄마 엄마 엄마~"

지우는 또 엄마만 부르고 은호는 이것 저것 묻는다. 지우는 감기가 와서 기침을 한다고 하니 더 안쓰럽다.

"지우야 은호야~ 여기 진짜 멋있는데 다음에 은호 지우 더 크면 엄마랑 같이 많이 걷자!"

시끌벅적한 통화를 마치니 주변에 적막이 흐르듯 조용하다. 아이들이 이렇게 보고 싶을 거라고는 생각하지 못했는데 나 스스로가 낯설다.

버스를 타고 수비리에 내려서 팜플로나 부근 외각까지 총 30km를 걸었다. 팜플로나 시내에 들어설 때 한국라면을 산다

N-135
PAMPLONA
IRUÑA
NA-8202
URDAITZ
URDÁNIZ

며 마트에 들르는 바람에 걷는 구간이 늘어났다. 충분히 더 걸을 수 있을거라 생각했는데 마트에서 장을 보고 난 후 몸이 지쳤다는 걸 알았다. 다시 출발하려는데 다리가 무겁다. 한국에서 미리 예약한 숙소는 시내에서 6km 떨어진 곳이었다. 경로를 자세히 살펴보니 완전한 실수였다. 6km 라지만 팜플로나 도시에서 산 하나를 넘어가는 곳이었다. '나는 왜 저런곳에 예약을 했을까' 스스로를 탓하며 걷고 또 걸었다. 카미노 길도 아닌 어둑해지려는 산을 혼자 넘어가려니 정신이 아득했다. 해지기 전에 도착해야 한다는 생각으로 정신을 붙잡고 걸었다.

터덜터덜 도착하니 6시가 넘었고 발바닥과 온몸이 아프다. '잘못하면 감기 걸리겠는데' 긴장하고 있는데 체크인 하려고 만난 주인아저씨는 연신 재채기를 하고 코를 푼다. 자연스레 두 걸음 뒤에 물러나 있는데 스페인어만 하고 간단한 영어로도 소통이 되질 않았다. 번역 앱과 손짓 발짓으로 어렵게 체크인 할 수 있었다.

숙소 리뷰는 믿을 게 못 된다는 걸 실감했다. 아늑한 곳에서 편히 쉴 것만 생각하며 힘을 냈는데 실망스럽다. 환기시키려 창문을 열어 놓으니 1층에서 담배 피는 아저씨의 연기가 고스란히 들어오고 사방 소리가 다 들린다. 건너편 건물에선 온 동네가 떠나갈 듯 크게 옛 음악을 틀어놓고 있는데 컨디션이 좋지 않으니 큰 소리의 음악이 고역이다. 방은 춥고 뜨거운 물 데우는 포트 조차 없다. 주인아저씨에게 포트가 없냐고 물으니 그릇에 물을 담아 전자레인지를 돌리면 된다고 한다.

몸이 으슬으슬해서 이불을 돌돌 말아 누워 하루를 곱씹어 보았다. 지금 내 모습은 조금 처량해도 생각해보면 친절한 사람들을 여럿 만났다. 수비리에서 내려 차량 주행 방향으로 걷는 나를 발견하고 공무원으로 보이는 차량이 서더니 반대편으로 걸으라고 도로를 통제해 주기도 했고, 경로를 벗어나면 이 곳은 까미노 길이 아니라고 설명해주는 사람들도 여럿 만났다. 낮에 길을 걸을 때 어떤 할아버지는 한국에서 왔냐고 물으시고는 종이 한 장을 주셨다. 환하게 웃으시면서 내 어깨를 다독이고 가셨는데 한글로 이렇게 써 있더라.

"길을 가는 것은 내면 힘의 문제입니다. 피로를 느끼고 무엇보다도 침묵을 느끼고 영혼의 심장박동 소리를 느끼십시오. 가난과 희망 속에서 살아가고 다른 사람들의 환대에 맡겨지며 삶의 무상함을 경험합니다. 서두르지 않고 공간과 시간을 생활하는 것은 그 과정에서 얻을 수 있는 목표입니다." 지칠대로 지쳤을 때 이 메모가 힘이 되었다.

하루가 정말 길었다. 앞으로는 라면 산다고 마트에 들르지 않을 것이며, 숙소는 절대 시내를 벗어나는 외곽에 예약하지 않을 것이고 리뷰는 가볍게 참고만 하겠다.

내가 널 팜플로나 시내로 데려다 줄게

오늘은 푸엔테 라 레이나로 가야한다. 산티아고 길로 돌아가려면 출발지인 팜플로나 시내로 가야 한다. 그러려면 다시 산을 넘어야 하는데 엄두가 나질 않는다. 어제 무리를 한 탓에 종아리가 당기고 아프다. 구글맵으로 버스를 알아보니 1.2km 근처에서 팜플로나 시내로 가는 버스가 있다고 해서 해뜨기 전에 숙소를 나왔다. 오늘은 좀 일찍 도착해서 쉬어야 겠다는 생각으로 새벽 어둑한 길을 손전등을 비추면서 걸었다.

지도에 표시 된 장소에 가보니 버스가 설 것 처럼 보이지 않는다. '여기 맞아? 이런데 버스가 선단 말이야?' 의심하며 기다리는데 30분이 넘도록 버스가 서질 않는다. 지나가는 버스가 올 때마다 손을 휘저었는데도 그냥 간다. 친절한 사람들 가득한 스페인에서 이럴 수는 없는건데… 뭔가 쎄하다.

주변을 둘러보는데 휑하다. 어떻게 해야할지 머리가 하얘지려는데 멀리서 차 한대가 근처 건물 앞에 서더니 남자 한 명이 내린다. '사람이다' 나는 조금 머뭇하다 다른 방법이 떠오르지 않아서 그곳으로 걸어갔다. 남성은 건물에서 합판 두어개를 짐칸에 싣는 중이었다.

"안녕! 여기서 버스 탈 수 있어? 나는 팜플로나 가야 되는데…"

"여기 버스 없어."

'우씨. 어쩐지….' 그는 잠시 생각하더니 영어를 섞어 손짓 발짓하며 말하는데 대충 다 알아듣겠다.

"너 팜플로나 갈거야? 팜플로나 어디?"

"어디든 상관없어. 걷고 있거든"

"나 팜플로나 가는데 내가 태워줄게"

나는 잠깐 생각했다. '나 낯선 사람 차 안타는데…' 하지만 아침부터 열심히 일하는 모습을 보니까 좋은 사람 같다. 라고 생각해야만 팜플로나로 갈 수 있을 것 같다.

"그라시아스!!" 덥썩 옆자리에 탔는데 그가 묻는다.

"남한(South Korea)?"

"응 맞아"

"팜플로나에서 어디로 가?"

"푸엔테 라 레이나로 가. 걸어서 갈거야"

"아~너 까미노 걷는거야?"

"응"

"몰랐어. 너 가방이 작아서"

그리고는 신호등이 빨간불이 켜졌을 때 번역앱으로

"내가 널 팜플로나 구시가지로 내려줄게. 500m 남았어"

라며 안심시켜 주었다. 너무 고마워서 무어라도 주고 싶은데 내 가방에는 걷는데 필요한 물품 밖에 없다. 나는 번역앱으로

"정말 고마워. 널 기억하고 싶은데 사진을 함께 찍어도 될까?"

그가 웃으며 좋다고 했다. 사진으로 그를 오래 기억해야겠다고

TRAFIC
64 LP

생각했다. 까스띠요 광장에 내려 차가 사라질 때까지 손을 흔들었다. 우연한 만남으로 어제부터 고생으로 느껴지던 일들이 괜찮게 여겨진다.

구시가지 느낌이 물씬 나는 까스띠요 광장을 그냥 지나치기 아쉽기도 하고 여유를 좀 부리고 싶기도 해서 근처 바에 들러 아침을 먹었다. 어제 저녁부터 제대로 먹은 게 없어서 욕심부려 메뉴를 두 개 시켰더니 반을 남겼다. 베이컨도 두툼하니 맛있는데 더 먹을수가 없었다. 오기전에는 스페인 음식도 다양하게 먹어 봐야겠다는 생각이었는데 의외로 걸을때는 입맛이 없다. 점심은 주로 과일을 먹고 저녁이 되면 모든 게 귀찮다. 적응이 되면 달라질까. 지금까지 먹어 본 스페인 음식은 대체로 아찔하게 짜면서 부드럽다. 커피는 한국과 비슷하다. 아주 맛있기도 하고 맛없기도 하고.

오늘은 푸엔테 라 레이나까지 24km. 천천히 걸으려고 한다.

Mercado de Santa Domingo
San Domingoko Merkatua
Museo de Navarra
Nafarroako Museoa
Museo de Educación Ambiental
Ingurumen Heziketarako Museoa
Pamplona Monumental
Iruñeko Monumentuak
Camino de Santiago / Donejakue Bidea
San Saturnino o San Cernin
Oficina de Turismo / Turismo Bulegoa

LGN ECO
CHAOS

혼자면서 함께

팜플로나-푸엔테 라 레이나 26.7km

팜플로나 도시가 매우 넓어서 빠져나가는 데만 한참이 걸렸다. 도심을 벗어나면 끝이 없는 들판이 이어지는데 지금은 밭을 다 갈아 놓은 상태이다. 아마 4-9월에 왔다면 경치가 더 멋졌을거다. 색이 입혀진 들판을 상상하며 걸었다. 걷다보니 나중에서야 이 곳이 해바라기 밭이였다는 걸 알았다. 나뒹구는 해바라기 잔해들을 보고선. 오늘은 구름이 있긴 해도 날이 계속 좋았다.

내 앞으로 여성 단체 여행객이 있었다. 걷는 중에 단체객은 처음봤다. 여름 휴가 시즌에는 종종 있다고 하는데… 그녀들은 옹기종기 모여 앉아 시끌벅적하게 간식을 먹고 있었다. '나도 친구들과 이곳을 걷는 날이 올까.'

들판이 이어지다 산을 오른다. 높은 언덕이라고 해야하나. 난데없이 등산모드로 바뀌었다. 오르고 오르다 풍력발전기가 가까이 보이는 벤치가 나와 쉬었다. 근육이 뭉쳤는지 오른쪽 종아리가 어제부터 계속 아팠다. 경사를 오르다보니 아팠던 곳이 신경쓰여서 만져보니 부어 있다. 붓기를 빼보려고 앉아서 종아리를 주무르는데 나와 앞치락 뒤치락 걷던 독일인 부부가 가까이 오더니 여성이 묻는다. 푸근한 인상의 50대 여성이다.

"너 괜찮아? 종아리 아파?"

"…응"

"붙이는 파스나 마스네슘 줄까? 먹는 거?"

"아니. 아니. 괜찮아"

모르는 사람의 친절이 부담스러워 서둘러 대답하니

"너 혼자야?"

"응"

"아니 너 안 괜찮아. 너 마그네슘 먹어야 돼"

그러더니 남편으로 보이는 사람에게 그녀가 메고 있는 가방에서 마그네슘을 찾아보라고 채근한다. 비닐로 된 지퍼백에 레모나 사이즈의 마스네슘 하나를 꺼내 주며 말했다.

"이거 요기 찢어서 요렇게 먹으면 돼. 지금 먹어"

그녀의 말투가 너무 단호해서 나도 모르게 두 손으로 공손히 받았다.

"땡큐…그라시아스"

나는 찢어서 먹는다. 맛도 레모나 비슷하다.

"이거 약국 어디서나 구할 수 있으니까 사서 매일 먹어"

"예스. 그라시아스"

"부엔 까미노!"(좋은 길 되길!)

"부엔 까미노!"

앉아서 마그네슘 효능을 검색해보니 근육이완 효능이 있다. 고마운 사람들이다. 자신에게 집중하는 듯 보이지만 계속 함께 걷는 사람들을 챙기고 있다. 물 웅덩이에는 누군가 다음 사람을 위해 큰 돌로 다리를 만들어 놓았고 길을 조금이라도 잃으면 여

기 저기서

"헤이! 까미노 길 여기야!"

혼자 걷지만 혼자라는 생각이 들지 않는다. 서로 마주치면

"올라!", "헬로우", "부엔 까미노"

반가이 인사한다.

만나는 풍경들은 엽서에서나 보았던 유럽의 시골 풍경이다. 아름답다는 감탄이 나도 모르게 흘러나왔다. 독특한 나무들의 생김새를 보며 시간 가는 줄 몰랐다. 그 중에서도 한국과는 다른 모양의 도토리 나무 구경이 재밌었다. 작은 덩쿨도 가까이 보니 도토리가 열려 있다. 엄청난 양의 도토리들…한국 할머니들이 봤다면 모두 주워와 도토리묵을 만드셨을 텐데. 언덕 정상에 있는 용서의 언덕을 찍고 내려와 시골 마을 6-7개를 지나왔는데 마을마다 작은 성당이 있다. 종치는 소리도 여러번 들었다. 어느 성당 옆 벤치에 앉아 요거트와 사과, 바나나로 점심을 먹었다.

저녁 5:30분쯤에야 숙소에 도착했다. 오전에 오지 않는 버스를 기다리느라 시간을 허비해서 10시에 출발한 탓이다. 늦게 도착하니 씻고 빨래 돌리고 저녁 먹으면 자야하는 하루가 되풀이된다. 일찍 도착하고 싶은데 쉽지가 않구만. 동네 구경 좀 하고 싶은데…오늘 결국 26.7km. 나는 20km가 한계인 것 같다. 부르고스 간다고 스케줄을 이리 짰더니 몸에서 무리라는 신호가 자꾸 온다. 중간 중간 예약된 곳이 있어 수정이 어려워 고민이다. 그래도 다행인 건 발가락 양말과 두툼한 양말을 잘 챙겨온 덕에 물집은 하나도 잡히지 않았다.

Camino de Santiago
Jacob's Way
4-10-1992

ÓGICO
S
DE
MPIOS
VACÍO
O
JA
RA
OFA
NAJERANO
MANZANA REINETA
2.00 / KG
JENTE LA REI
ATASA

나를 위한 요리

"15유로 숙소는 오랜만이에요."

순례자 사무실에서 만났던 한국 청년을 에스텔라에 다다랐을 때 다시 만났다. 그는 15유로 숙소가 너무 비싸다는 것이었다. 지금껏 10유로 남짓의 숙소에서 잤다고 한다. 스페인 숙소 중 가장 비싼 숙소로 향하고 있던 나는 찔끔 했다. '아줌마는 자는 게 중요해서리…' 오늘 내가 묵는 숙소는 한국 비용으로 10만원 정도의 숙소인데 알베르게에 비하면 매우 비싼 편이다. 여행을 계획할 때 여행경비로 300만원, 여유비 50만원, 총 350만원의 경비로 계획을 세웠다. 프랑스에서의 개인 여행 비용이 포함 되긴 했지만 그래도 개인적으로 산티아고 순례길을 준비하는 사람들의 비용치고는 높은 비용이다. 나의 경우 2-3일에 한번씩은 알베르게가 아닌 곳으로 숙소를 예약했다. 밤에 혼자 있는 시간을 며칠에 한 번은 꼭 가지고 싶었다.

시내 한가운데 위치한 숙소에 도착하니 주방 시설도 좋고 여러 모로 기대 이상이다. 포트가 있는 첫 숙소이기도 하다. 창밖으로 공터가 보이는데 엄마와 아이들이 맨발로 공을 차고 롤러를 타고 있었다. 그 모습이 좋아서 창을 활짝 열어 두었다.

처음으로 밝은 낮에 도착한 날이다. 3시쯤이었다. 일찍 도착하니 활기가 도는 도시의 모습을 볼 수 있어 좋았다. 한쪽에선 파프리카가 가득한 재래시장이 열리고 있었고 여기 저기 카페엔 먼저 도착한 사람들이 와인이나 맥주 한잔씩을 하고 있다.

숙소에 체크인을 하고 가방만 내려 놓고는 마트에 갔다. 마트를 찾아가는 골목을 걷는 여유가 좋았다. 저녁과 내일 아침, 낮에 먹을 간식까지 장을 보았다. 다 사고 보니 13.4유로다. 세상에… 식당에 가서 음료까지 시키면 15-20 유로 정도 나왔었던 걸 생각하면 매우 저렴하다. 재료를 직접 사니 정말 싸긴 하구나.

1층 식당으로 안쪽 주방에 들어서니 장 봐온 재료로 샌드위치를 만들고 있는 여성이 있다. 간단히 인사하고는 본격적으로 요리를 했다. 트레킹을 시작한 이후로 도마 위에서 뭘 썰어보는 게 처음이다. 뇨끼에 문어 통조림, 양파와 파 비스무리하게 생긴 야채를 다듬어 토마토 파스타를 해먹었다. 혼자 외국에 나와 장도 보고 요리도 하고 있다는 뿌듯함으로 기분이 좋았다. 누군가는 아무렇지 않은 일 일지 몰라도 불과 얼마 전 여행의 막막함에 전전긍긍했던 스스로가 떠올라 묘한 성취감을 느꼈다. 팩와인도 사서 함께 먹으니 그럴듯한 저녁이었다.

스페인에는 시에스타라는 낮잠 문화가 있다. 보통 3:30-7:30분까지 식당, 상점등이 문을 닫고 쉰다. 8시쯤 되면 다시 문을 연다. 정말 충격적이다. 가게 문을 닫고 잠을 자다니. 어제도 저녁을 먹으러 식당 문을 여는 8시까지 기다리다가 지쳐서 대충 먹고 잤다. 트레킹을 하면 9시부터 잠이 쏟아지니 식당에서 저녁을 먹는게 쉽지가 않다. 한국 문화를 생각하면 쉽게 이해가 가지 않지만 여유가 깃든 스페인 문화의 단면이다.

오늘 길은 포도나무 밭, 올리브 농장이 계속 이어졌다. 포도는 수확이 끝났고 올리브는 탐스럽게 자라고 있었다. 그 맛이 궁금해서 차도에 야생으로 자라던 올리브 하나를 따서 먹어봤다가 목구멍까지 쓰고 떫어서 고생했다. 아직 여물지는 않았다.

걸으며 다양한 사람들을 만났다. 친구로 보이는 영국 할아버지들, 남아프리카 공화국에서 온 모녀, 어린 아이가 있는 가족들. 아빠와 아들(은호 정도)이 함께 걷고 있는 걸 봤는데 아빠가 아이의 짐을 실은 수레를 끌고 가고 있다. 아이는 커다란 헤드셋을 하고 아빠 앞으로 열심히 걷는다. 나중에 보니 아이 셋, 엄마까지 다섯 식구가 함께였다. 아이들은 신나보이고 엄마 얼굴은 피곤이 가득하다. 그 모습 모두가 부럽고 예뻐보였다.

FRESA 68902
13/11 04.59
DANONE
OIKOS
ESTILO GRIEGO
2.00

Classic
SABOR
VINAGRETA
YAKISOBA
POLLO
3'
YATEKOMO
Gallina Blanca
DANONE
natural
TOMATE CHERRY
POTÓN DEL PACÍFICO
AL AJILLO
BLANCO
BLANCO
BLANCO
500g

맘대로 되는 게 하나도 없네

에스텔라-로스 아르코스 26km

오늘은 아침부터 기분이 별로였다. 며칠간 피로가 쌓였는지 몸도 피곤했고 종아리도 계속 아팠다. 가족들도 보고 싶었다. 아무래도 오늘은 좀 쉬어야겠다고 생각했다. 이런 저런 생각으로 머리가 복잡해서 버스를 타고 숙소 부근에 내려 조금만 걷자며 해 뜨기 전에 일찍 나섰다.

버스정류장으로 구글 맵을 보며 가고 있는데 지나가던 할아버지가 스페인 말로 말을 건다. 이상하게 알아듣겠다.
"너 까미노 걷지? 요기 아니야 저기야"
"네 알아요 나 버스정류장 가요"
"나 따라와 내가 데려다줄게"
'…괜찮은데…' 내 대답은 기다리지도 않고 앞장서는 할아버지를 어쩔 수 없이 따라갔다. 도착해보니 찾고 있는 곳이 아니었다.

정류장이 아닌 버스터미널이었는데 과연 기다리는 버스가 올까 싶어 혹시나 해서 사람들에게
"로스 아르코스 갈건데 여기서 타는 거 맞아?"

라고 물으면 누구는 아니다. 누구는 맞다. 이야기가 다르다. 하는 수 없이 버스를 계속 기다리는데 구글맵에 예정된 버스 시간에 오지 않는다. 십분, 이십분, 삼십분… 계속 시간이 지나자 친절을 베푼 할아버지가 야속하다. 처음에 가려던 곳을 다시 찾아갈까 고민하다 또 다른 아주머니께 물어 벽에 붙어 있는 정보를 찾으니 다음차는 11시란다. '우씨!' 아마 작은 버스정류장은 다를텐데 여기는 하루에 몇 대밖에 다니지 않는 터미널이었던 것. 시간을 보니 버스정류장으로 가도 타려던 버스는 이미 가고 없다. 택시를 타고 이동할까도 잠시 생각했지만 유럽의 택시 비용이 만만치 않다 들어서 한 코스 모두 택시를 타는 건 엄두가 나지 않았다.

그렇게 한시간 넘게 시간을 허비한 후 울며 겨자 먹기로 버스정류장부터 로스아르코스까지 걷기 시작했다. 쉬고 싶어서 방법을 찾았던 것인데 시간은 깎아먹은데다 오히려 걸어야 할 키로수가 늘어나니 짜증과 화가 차올랐다. 이런 마음으로 걸어서 뭐하나 싶으면서 이러지도 저러지도 못하며 걷는데 눈 앞에 큰 산이 턱하니 나온다. 다시금 앱을 확인하는데 저 산을 넘어야 하는 것이 맞다. 자포자기한 심정으로 산을 올랐다. '생각을 하지 말자' 종아리에 쥐가 난 듯 계속 아파오고 경사가 있는 곳을 걸을 때마다 찌릿찌릿 아프다. 좀 쉬려고 배낭을 내려놓고 쉬면 발바닥이 아파와 더 힘이 들었다. 산 하나를 겨우 겨우 넘었다.

평지로 내려오자 어제 길부터 포도 농장이 계속 이어지는데 오늘은 더 본격적이다. 땡볕에 거름 냄새도 간간히 나고 파리도

4
AZQ

보인다. 끝이 보이지 않는 밭을 갈고 있는 거대한 트랙터들이 몇 대 보였다. 황량한 풍경이 내 마음 같다.

두 번째 마을을 지날 때 다시 버스를 타려고 시도했다. 정류장을 찾아 기다리고 있는데 15분이 지나도 오지 않아 다시 터덜터덜 언덕을 내려왔더니 그제야 슝 지나간다. 야속하다. '정말 화가 나네.' 씩씩 화를 삭이며 버스 정류장에서 카미노 길로 다시 들어섰다.

그늘에 가방을 내려 마음을 가라앉히고 있는데 벤치에 허리를 곧게 펴고 앉아 가만히 풍경을 바라보는 여성이 있었다. 처음 만나는 혼자 걷는 동양인 여성이다. 한국인 현경씨였다. 아무 계획 없이 천천히 걷고 있다고 했다. 빨리 도착해 쉬고 싶다는 생각에 종종거리며 방법을 찾고 있던 나는 조용하게 자기만의 속도로 걷고 있는 현경씨를 보면서 조금 안정을 찾았다. '그래 이왕 이렇게 된 거 급할 것 없으니 편안한 마음으로 가자.' 이후에도 현경씨와는 만남과 헤어짐을 반복하면서 구간을 함께 걷고 있는 것만으로도 위로가 되었다.

그리고 한참을 더 걸은 뒤에 '이가'를 만났다. 나무그늘 의자에 앉아 쉬고 있는데 한 여성이 다가와 앉아 함께 쉬었다. 한 시간 전 쯤 인사했던 여성이다. 그녀는 유창한 영어로 계속 사람들과 이야기하며 걷고 있었다. 벤치에 앉은 나도 지쳤고 그녀도 지쳐 보였는데 둘 다 말없이 한참을 있다가 내가 물었다.
"한국인이세요?"

"아뇨…중국인이에요 그런데 한국에서 조금 살았어요 한국말 조금 할 줄 알아요" 30대 초반으로 보이고 파마머리에 개구장이 얼굴을 하고 있다. 한국에서 2년 정도 대학원 생활을 해서 한국말을 꽤 잘 한다. 패션디자인을 공부했다고 하는 이가와는 걷는 속도에 맞춰 함께 걷고 헤어지기를 반복했다. 만나면 반갑고 헤어질 땐 서로 응원하는 마음이었다.

"이가는 좋겠다. 영어 잘해서. 대화도 오래 오래 하고"
"혼자 조용히 걷고 싶은데 속도가 느려요. 그러다 뒤에 오던 사람과 만나면 사람들이 계속 질문을 해요. 그냥 걸으면 계속 얘기해야 해서 먼저 가라고 하고 자주 쉬는 거에요"
"아 그래요? 큭 오해했네"
"산티아고 길에는 한국 사람들이 많아요. 왜 그런거에요?"
"글쎄요. 잘은 몰라도 아시아에서 마을마다 교회가 있는 곳은 한국이 유일하지 않을까요? 그리고 꼭 기독교인이 아니더라도 한국은 바쁘고 열심히 사는 문화라 쉼이 필요한 사람이 많은 것 같기도 해요. 중국은 어때요?"
"중국에도 최근에 걷는데 관심을 가지는 사람들이 많아요. 아직 이곳을 아는 사람이 많지는 않지만"

'잭'도 만났다. 잭은 7개월 아기. 내가 만난 가장 어린 순례자다. 멀리서 보니 부모가 걷기도 힘든 길을 유모차를 끌고 가고 있길래 들여다 보니 잭이 누워 생글생글.
"안녕" 인사하니 잭이 방긋 웃어준다. 걷다 잭을 발견한 사람들은 놀라워하며 반갑게 인사한다.

오늘 구간에서는 꽤 많은 사람들을 만났다. 이래 저래 사람들과 보내다 보니 로스아르코스까지 도착했다. 까마득한 코스였는데 나 스스로가 대견한 날이다. 원래 숙소 예약지는 산솔이라는 다음 마을인데 취소하고 이곳에서 자기로 했다. 이가를 따라 사립 알베르게로 왔다. 들어서니 허름한 느낌의 작은 알베르게지만 냄비와 그릇, 냉장고 등 주방에 없는 것이 없다.

"이가. 저녁에 같이 라면 먹을래요? 나 두 개 있어요"

팜플로나에서부터 들고 다니던 라면이다. 정말 먹고 싶을 때 먹으려고 가지고 있던 비상식량이었다.

"오 좋아요 라면 먹고 싶었어요"

주방에서 라면과 간식으로 저녁을 먹었다. 와인 한잔 마시려 하니 이가가 밖으로 나가자고 한다. 성당 앞에 자리한 바 테이블에 앉아 야경을 보며 맥주를 마셨다. 성당에서 나오는 은은한 조명과 공기가 신비롭다. 버스를 놓친 아침만 해도 이런 밤이 있을 거라고는 생각하지 못했다. 이가는 걷는 때마다 운명이 있는 것 같다고 했다. 나 역시 이가를 만나지 않았다면 하루가 얼마나 힘들었을까.

"이가 덕분에 오늘 로스 아르코스까지 왔어요. 고마워"

혼자 걷는 여자 셋

"오! 여기 계셨네요"

어제 이가와 알베르게에 도착했더니 현경씨가 먼저 와 짐을 풀고 있다. 다시 만나니 더 반갑다. 10평쯤 될만한 공간에 이층침대가 빽빽히 들어선 같은 방이다. 씻고 쉬고 있을 때 잭의 가족도 도착했다. 어쩌다 보니 앞치락 뒤치락 함께 걷던 사람들이 같은 알베르게에 묵게 됐다. 서로 많은 얘기가 오가지 않아도 익숙한 얼굴들과 인사하는 시간이 먼 여행지에서 위로가 된다는 것을 배워간다.

다음날 아침 이가와 테이블에 앉아 간단히 요기를 하고 있는데 준비를 마친 현경씨가 총총총 오더니 말한다.

"아 정말 마음이 가벼워요. 날아갈 것 같아요"

어제 저녁만 해도 무표정에 기운 없어 보였던 얼굴에 미소가 가득이다.

"왜 버스 탈 생각을 못했을까! 저 정말 막막했거든요. 코스도 너무 길고 지금 걷고 싶지 않은데…"

어제 나와 이가는 한 구간을 넘어가려고 아침에 로그로뇨로 가는 버스를 타기로 했었다. 옆에 있던 현경씨가 듣더니 관심을 보이다가 결심이 선 듯

"저도 버스 탈래요!"

그 후 한껏 밝아진 것이다. 그녀의 텐션에 조금 놀랐다. 처음 봤을때의 차분함은 지친 현경씨였나보다. 지금 대화를 하며 지켜보는 현경씨는 누구보다 밝고 생기가 돈다. 산티아고 순례길이라는 이름 때문인지 중간에 버스나 택시를 타는 것을 부담스러워 하는 사람들이 있다. 요행을 부린다는 느낌 때문 일거다. 순례길을 선택하는 사람들 중에는 종교적인 이유나 고행을 통해 자신을 발견한다거나 삶의 터닝포인트가 필요해서 걷는 사람들이 많기 때문에 그런 마음도 충분히 이해가 간다.

어제 저녁을 먹으면서도 가끔씩 버스를 탔다던 이가가
"버스를 타면 마음이 안 좋아요. 외로워서요"
"그래요? 난 노래가 나오는데…이상하네…"
"ㅋㅋㅋㅋ"
웃어 넘겼지만 버스를 타며 구간을 뛸 때마다 며칠간 함께 걸으며 정든 사람들과 이별하는 것이라 마음이 좋지 않은 것이다. 그 마음도 이해가 되었다.

어둑어둑한 아침에 셋이 함께 버스를 타려고 정류장에 도착하니 잭의 가족도 함께다. 잭의 아버지가 나와 이가의 사진을 찍었다며 에어드랍으로 보내주겠다고 한다. 덕분에 잭의 사진이 생겼다.

버스로 로그로뇨에 도착했다. 팜플로나 보다는 작지만 큰 도시다. 로그로뇨에서 하루 쉬기로 결정한 현경씨는 먼저 떠나기로 했다. 터미널에서 헤어지니 정말 헤어지는 것 같아 기분이 이상하다.
"잘가요"

이가와는 함께 바에서 커피와 샌드위치를 먹었다.
"산티아고 걷는 걸 너무 쉽게 생각했어요. 쉽지 않아요"
씩씩해 보이던 이가가 마음 약한 소리를 한다. 그러고 보니 나야 며칠 뒤 여행이 끝나겠지만 이가는 아직도 갈 길이 아득하니 그 마음이 어떨까 싶다. 그녀의 힘이 든다는 말 안에는 여러가지 의미가 있을 것 같았다.

이가는 로그로뇨에서 하루 쉬어가기로 했다. 다들 조금씩 지치고 피로가 쌓일 즈음이다. 나는 이가와 함께 쉬어갈지 더 걸을지 결정해야 했다. 마음속으로 걸어야겠다고 마음먹은 뒤엔 식사를 하는 내내 이가에게 연락처를 물을까 말까 고민했다. 그러다 다음에 만날 때 물어야지 생각했다. 첫 날에도 몇 번이나 다시 만났으니 확실히 다시 만날 거라는 생각이었다. 그렇게 불현 듯 만난다면 얼마나 기쁠까 싶었다. 나는 걷겠다고 하니 이가가 놀란다.
"걸을 수 있겠어요?"
"음…예약을 해놔서....오늘 숙소는 취소가 안되요. 어제도 취소를 해서....오늘은 걸으려고요"
나는 허탈하게 웃었다. 이가가 안됐다는 표정으로
"걸을 때 버스 정류장 찾아봐요"
"그럴게요. 조금만 걷고 버스나 택시를 타는 것으로"

이가랑 바 앞에 서서 눈이 마주치자마자 따뜻한 포옹도 하고 사진도 남겼다. 이가의 존재가 큰 위로가 되었다. 이가도 힘이 되었다며 고맙다고 한다. 부르고스 가기 전에 이가와 현경씨를 다시 만날 수 있을까. 우연히 만나면 너무 반가울 것 같다.

ARREGUI

ALBERGUE DE
PEREGRINOS
LA FUENTE
CASA DE AUSTRIA

택시를 부르려면 생맥을 마셔야 해

이가와 헤어지자마자 약국을 찾아서 마그네슘을 샀다. 어제 종아리가 부어서 걸을 수 있을까 싶었는데 신기하게 몸이 나아졌다. 그래도 몇 시간 걷고나면 다시 부어오를 수 있어서 약국으로 온 것인데 나 스스로 마그네슘을 사서 먹는 모습과 독일인 아주머니의 단호함이 떠올라 웃음이 났다.

아침에 맛있는 커피도 마셨겠다 마그네슘도 먹었겠다 열심히 걸어보자며 혼자 파이팅을 외쳤다. 출발하는데 지나가는 사람들이 여기저기서 부엔까미노를 외쳐준다. 나 좋으라고 걷는데 이런 응원을 받아도 되나 싶다.
"그라시아스!"

시내를 벗어나자 포도 농장이 계속 이어진다. 끝도 없이 계속계속…포도 수확이 끝나고 줄기 끝에 작게 포도가 남아 있는 경우가 종종 있는데 입이 심심할 때마다 따서 먹었다. 포도마다 맛이 달랐고 와인용 포도라선지 대부분 씨가 많이 들어 있다. 꽤 많은 농장은 포도 수확을 포기 한 듯 빛 잃은 포도가 주렁주렁 달려 있다.

오늘 지나는 곳들이 유명한 와인 산지라고 한다. 어마어마한 규모인데 포도 농장을 지나면 밭을 가는 곳이 나오다가 거름 냄새 확…포도 농장 지나고 거름 냄새 확…속이 미식거릴 정도로 힘들었다. 길도 시멘트 길이 많다. 그러고 보니 이 구간엔 유독 사람이 없다. 걷는 내내 두 명을 만났는데 내 출발이 늦어서이기도 하지만 이 구간을 걸으려는 사람들이 적어 보인다. 그늘도 없어 오래 걷기에 쉬운길이 아니다.

적적하던 차에 남편에게 전화가 왔다. 며칠 뒤면 만난다는 생각에 그리움보다는 반가움이 더 컸다. 아이들에게 영상으로 포도 열매를 보여주었다.

출발한지 15km가 넘어가면서 종아리랑 발목, 무릎이 아파온다. 다음 마을에서 택시를 타야겠다고 마음먹었을 때 멀리 마을이 보여 골목으로 향했다. 바가 보이자마자 들어가서 생맥주 한 잔을 주문했다. 이곳에서는 택시를 부를 때 바에 들어가서 주문 후에 택시를 부탁하는 것이 일반적이라고 한다.

바에 들어선지 20분 정도 됐을까. 맥주도 다 마셔갈 때 한적한 시골마을과는 어울리지 않는 벤츠차 한대가 선다. '설마 택시인가?' 싶은데 30대 중후반으로 보이는 청바지를 입은 멋쟁이 남성이 선그라스를 쓰고 들어선다. 입구 앞에 자리잡은 나를 보더니
"택시?"
"아…네 오케이"

"커피 한잔 마실게"

그는 성큼성큼 바 안으로 들어서고 주인은 익숙한 듯 에소프레소 한 잔을 내려 앞에 내민다. 그는 바람 같은 속도로 훅 마시더니 가자고 한다.

이 사람은 아무래도 대단한 인싸 같다. 차를 몰면서 클락션을 울리면 여기 저기서 그를 향해 손을 들고 인사한다. 남은 거리에서 숙소까지 가는데 택시 비용은 22유로. 전에 탔던 버스값이 약 3유로이니 매우 비싼 것이지만 그런 거 따질 몸상태도 아니고 고맙게 잘 탔다.

나혜라는 들어설 때부터 고대 도시로 들어가는 듯한 느낌을 받았다. 남편이 톡으로 이 곳이 유명한 곳이라고 한다. 찾아보니 바위 사이의 마을이라 불렸던 중세 로마 시대 흔적이 남아 있는 곳이란다. 숙소 너머로 엄청난 크기의 붉은 바위산이 자리잡고 있었다. 그러고 보니 가벼운 차림의 관광객도 많이 보인다. 평소라면 이곳 저곳 둘러봤을 테지만 산티아고 길을 걸으며 만나는 오래된 성당과 유적지를 종종 지나다 보니 이제 조금은 시큰둥해졌다. 얼른 가서 가방을 내려놓고 씻고 싶은 생각뿐이다.

배가 고파 체크인을 하고는 근처 케밥집에서 포장을 해 와 숙소에서 먹었다. 케밥 크기가 너무 커서 절반 먹고 절반은 낼 점심으로 먹으려 잘 싸놓았다. 숙소에서 좀 쉬다가 마을과 유적지를 둘러봐야겠다 싶었지만 결국 다시 나가지 못했다. 이상하게 저녁에 배낭을 내려놓고 있으면 발바닥이 아파 움직이기 어렵다.

Roberto

ANNO 1366
STELLA
ARTOIS
Belgium

어느덧 마지막 코스

나헤라-산토도밍고 21km

오늘은 트레킹 마지막 날이다. 부르고스로 가서 좀 더 걸을 예정이지만 산티아고 트레킹 코스로는 마지막이다. 일찍 도착하고 싶어서 해뜨기 전에 출발했다. 쉼이 절박할수록 일찍 걷게 된다. 이 곳엔 새벽부터 문 여는 바(커피와 맥주, 위스키, 와인, 간단한 요깃거리를 파는 곳)들이 있다. 컴컴한 골목길에 불켜진 바를 보고는 홀린 듯 들어가 커피 한 잔을 마셨다. 트레킹 출발하기 전에 마시는 커피가 오래오래 기억이 남을 것 같다. 시내를 벗어나 산 언덕으로 오를 때 까만 하늘에 또렷한 달과 별이 보였다. 내 발자국 소리 외에, 바람 소리만 들리는 고요함이 참 좋았다.

날이 밝아지자 사람들이 조금씩 보인다. 뒤에서 누가 빠른 속도로 지나치길래

"올라"

인사하고 보니 익숙한 얼굴이다. 생장으로 가기 위해 기차를 탔던 바욘에서부터 봤던 한국 여성이다. 20대로 보이는데 기차에서 앞머리에 롤을 말고 있는 모습을 인상 깊게 봤어서 기억이 났다. 체구가 자그마한데 나보다 두배 정도의 가방을 메고 빠른 속도로 걸어간다. 호다다다다닥…!!! 엄청난 속도에 대다나다는

말밖에 나오지 않았다.

산토도밍고 풍경의 이미지는 산티아고 길을 소개할 때 대표 이미지로 종종 등장한다. 끝없는 들판이 계속 이어진다. 오르고 내리고 오르고 내리고…탁 트여서 속은 시원했지만 걷는 내내 비슷한 풍경이다 보니 조금은 지루하다. 이제는 스페인의 이 고즈넉한 풍경들에 적응이 되어서 이기도 하다.

걸으면서 만나는 사람들과 나누는 이야기들. 어디서 왔냐고, 어디까지 가냐고, 왜 걷냐고. 모르는 이들과 하는 대화들이 오늘따라 공허하다. 처음으로 팟캐스트를 들으며 갔다. 온전히 풍경과 소리를 느끼고 싶어서 이어폰을 꺼낸적이 별로 없는데 오늘은 유난히 걷는 시간들이 길게 느껴졌다.

코스 내내 마을이 거의 없었다. 점심쯤 되었을 때 나온 작은 마을에 구글맵에서 바가 있다고 해서 화장실도 갈 겸 그리로 향했는데 젊은 여성이 날 보자마자 바의 이정표를 가리키며
"클로즈!"
"클로즈??!!" 헉…큰일이다 앞으로 두어 시간 더 걸어야 하는데…화장실도 가야하는데! 낭패도 이런 낭패가… 발길을 돌리는 여러 순례자들의 표정이 어둡다. 걷는 속도가 빨라졌다. 덕분인지 오늘은 1:40분에 도착했다. 가장 빨리 도착한 날이다. 사람이 가진 수치심이 초인적인 힘을 발휘하기도 하는구나.

시에스타 시작 전이라 숙소에 얼른 체크인을 하고 식당으로 갔

다. 도착하기 전까지 제대로 먹은 음식이 없었다. 생맥주에 화이트 아스파라거스와 뽈보를 주문했다. 스페인에서 유명하다는 문어 요리 뽈보는 꼭 한번 먹어보고 싶었고 화이트 아스파라거스는 생소하기도 하고 마트 진열대 이곳 저곳에서 보이길래 호기심으로 시켜봤다. 상큼하고 개운한 맛이다. 뽈보의 문어는 부드러웠고 그 밑에 깔린 구운 감자도 별미였다. 나 나름의 트레킹 마무리로 완벽한 식사였다.

오늘은 공립 알베르게에서 잔다. 성당에서 운영하는 알베르게로 160명을 수용 할 수 있단다. 어제 일반 숙소에서 잘 쉬었으니 오늘은 이층침대에서 자기로 한다. 그리고 빨래 건조하기에는 일반 숙소보다 알베르게가 편리하기도 하다.

도착해보니 역시나 잘 관리되어 있다. 짐을 풀고 씻고서는 오래 쉬었는대도 시간이 많다. 집으로 돌아갈 때가 다 되어서야 걸은 후에 보내는 시간들이 여유로워졌다. 여행에 익숙해져서 마음이 편안해졌을까?

오늘은 나가보자며 몸을 일으켰다. 숙소 문을 열면 이어지는 산토도밍고 골목을 구경했다. 화려한 꽃집, 디저트 집, 어둑어둑해지자 멋스러워진 성당 주변도 느릿하게 산책했다. 쿠션이 없는 슬리퍼 때문인지 더 둘러보고 싶었지만 발바닥이 아파서 숙소로 돌아가야했다.

좀 더 쉬다가 공용 주방에서 간단하게 저녁을 먹으려 하는데 어떤 할아버지가 몇몇 사람들에 둘러싸여 노래를 열창하고 있다.

"한곡 더!!"

사람들이 소리치니 다음 곡으로 My Way를 열창했다. 가까이에 사람들이 엄청난 리액션을 보냈고 나는 저 뒤쪽에서 가만히 노래를 감상하면서 저녁을 먹었다. 노래가 끝날때마다 그 모습이 아름다워서 힘껏 박수를 쳤다.

오늘은 오랜만에 손빨래를 했는데 아무래도 낼 아침까지 마를 것 같지가 않아 빨래터에서 걷어와 셀프 건조기에 돌렸다. 스페인에서 ATM 사용, 세탁기 사용, 버스 타기 모든게 점점 익숙해지고 있다.

스페인 일정이 이틀 남았다. 온전히는 하루다. 내일 아침 버스를 타고 부르고스로 가는데 이동도 할 겸 반나절은 온전히 쉬고 다음날 일찍 마드리드 공항으로 가야한다. 집에 갈 생각을 하니 좋다. 여행이 막바지로 가고 있다는 기분이 들면서 아쉬움이 없을 정도로 마음에 들어찬 느낌이다.

AVENIDA
JUAN CARLOS I

양동마을
동궁과월지

SU COLADA
SE LAVARÁ CON
NO NTRODUCIR ALFOMBRA
PRECIO EXACTO
7€ LAVADORA 3 14KG
14KG
PRECIO EXACTO
4€ LAVADORA 2

부르고스 대성당

부르고스 터미널에서 내려 숙소로 걸어갔다. 1시간 30분 정도 걸어서 체크인을 한 다음 다시 한 시간을 걸어 부르고스 대성당으로 갔다. 관광객들, 순례객 등 대성당 주변으로 여러 사람들이 모여있었다. 영상으로 봤던 모습보다 훨씬 압도적이고 웅장했다. 날씨도 맑아서 구름 한점 없는 파란 하늘에 해가 내리쬐었다. 눈을 뜰 수 없을 정도로 해가 밝아서 선글라스를 꺼냈다. 궂은 날씨에 애물단지가 되버린 선글라스를 거의 처음으로 제대로 썼다. 광장의 웅장함을 오래 느껴보고 싶어서 대성당 계단에 앉아 멍을 때렸다.

유네스코 세계유산이라는 대성당 안을 투어할 수 있다고 해서 입장권을 사서 들어갔다. 여러 성상과 화려한 첨탑이 눈길을 사로잡는다. 이보다 더 화려할 수는 없겠다 싶을 정도로 화려하고 화려하다. 지금껏 산티아고 순례길을 걸으며 많은 성당을 지나쳐 왔는데 대부분 멋스러웠지만 생기있어 보이진 않았다. 텅빈 예배당을 보고 있으면 종교 자체가 유적이 된 것만 같아 쓸쓸한 마음이 든다.

늦은 점심을 먹으려고 구글을 검색하니 주변에 일본식당이 있다고 한다. 반가운 마음에 들어가 라멘을 시키고는 직원에게 매운 음식은 없냐고 물으니 사이드 메뉴에 자리한 김치를 가리킨다. '여기서는 김치가 요리로구나' 주문해서 나온 김치는 볶은 김치였다. 발효된 신맛이 거의 나지 않는 약간 싱거운 맛이었는데도 신나게 먹었다. 메인 김치에 사이드 라멘을 먹는 것처럼 김치를 가운데 두고 먹는데 얼마나 맛있던지. 생맥주까지 한 잔 곁들이니 누구도 부럽지 않았다.

불현듯 이가 생각이 났다. '결국 만나지 못했구나' 볼 것도 많고 갈 곳도 많은 부르고스에서 만나자고 할걸. 문득 이가와 부르고스 성당에 대해 이야기 하고 싶다는 생각이 들었다. 한국에 돌아가기 전에 얼굴을 봤다면 얼마나 좋았을까. 연락처라도 물을 걸' 여러가지 후회가 되었다.

부르고스 시내를 거닐며 한국으로 가지고 갈 기념품도 몇 가지 구입했다. 아침에 먹을 과일도 사고 큰 마트에 들러서는 돌아가서 친구들과 먹을 과자를 몇가지 구입했다. 아이들이 좋아할만한 젤리도 더했다. 가방이 작아서 판초우의와 실내화 등을 버리고 가야한다. 많이 살 수가 없어 고심해서 몇 가지를 골랐다.

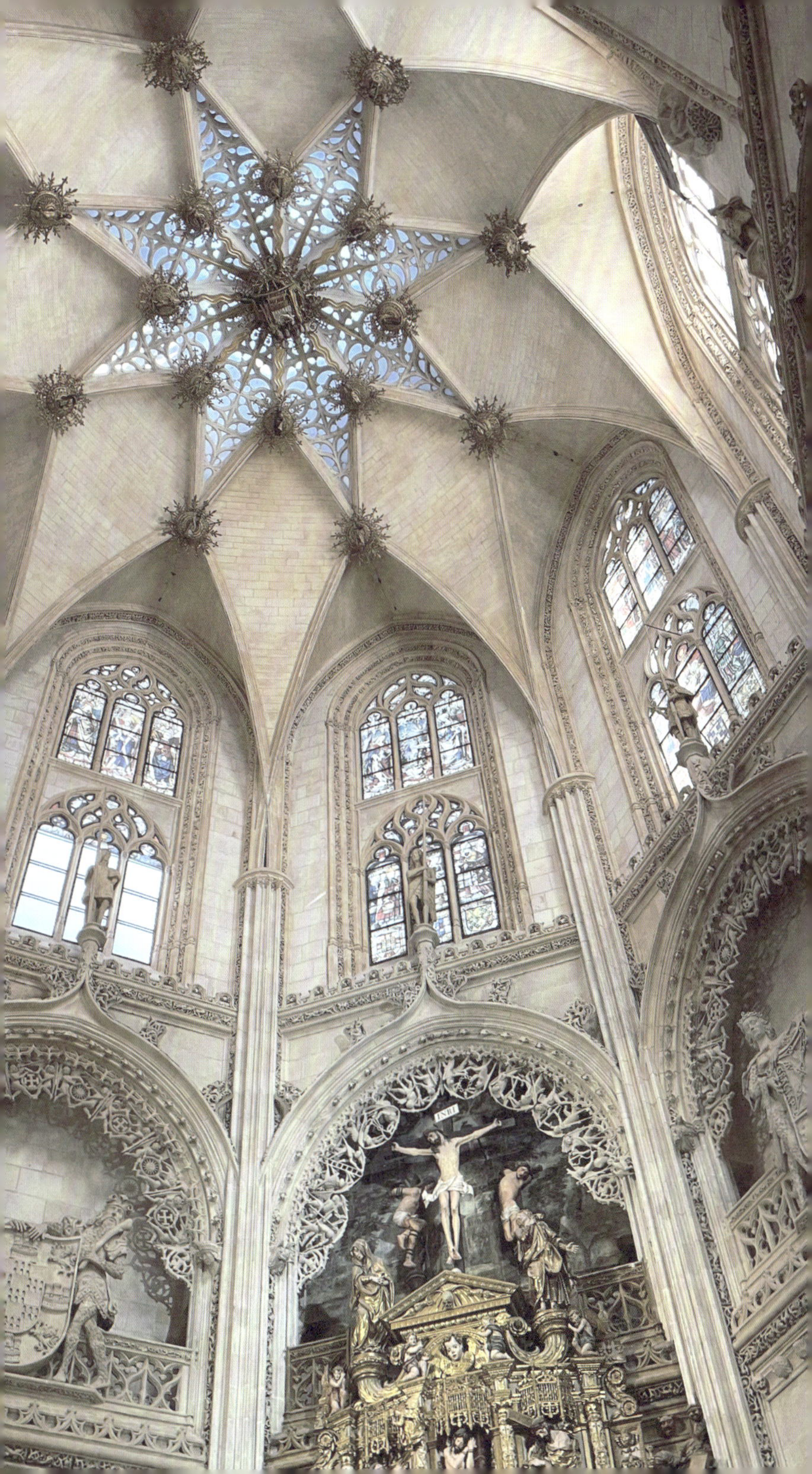

ONERA
FABRICE
1549

EL CUENCO
- dorado -
taberna japochina
CONECTADA
CON AVISO A POLICÍA
Movistar PROSEGUR ALARMAS
RE
SER
VAS
947
079
067
Glovo

우당탕 집으로

마드리드에서 오후 1시에 비행기를 타야 한다. 비행기 시간을 맞추려면 아침 일찍부터 움직여야 했다. 버스라도 놓치면 시간이 부족할까 싶어 아침부터 발을 동동 굴렀다. 전날 마드리드로 숙소를 잡아두면 좋았을 것을. 불안해서 잠도 잘 자지 못했다.

무거운 몸을 이끌고 숙소를 나서는데 밖은 어둡고 엄청난 비가 내리고 있었다. 숙소를 나설 때 휴지통 위로 버려두었던 판초를 다시 입고 나왔다. 버스를 기다리는데 구글맵에 나온 시간이 지나도 오지 않자 여러 시나리오가 머릿속에서 휙 휙 지나간다. '비행기를 놓치면 어떻게 해야 하지?' 불안에 한참 떨고 있는데 마침 버스가 도착해서 가슴을 쓸어내렸다.

마드리드 공항에서도 촉박한 시간 때문에 가방을 메고 뛰어다녔고 환승지였던 베이징에선 비행기가 한시간 지연 출발하는 바람에 환승지에서 또 뛰어다녀야 했다. 인천공항행 비행기에 몸을 싣기 전까지 얼마나 뛰었는지 온 몸이 젖어 버렸다.

비행기를 타고 나서야 지난 시간을 돌아보며 내가 이 곳을 다시 오게 될까. 다시 오게 된다면 몇 가지 실수라고 생각했던 것을 잘해보고 싶다는 생각이 든다. 무엇보다 숙소를 미리 예약하지 않겠다고. 목적지도 정해두지 않고 걷고 싶다고. 그런 날이 올까? 많은 사람들이 산티아고 길을 다시 걷고 싶어 한다고 한다. 이곳의 풍경과 따뜻한 사람들과 자신만의 기억을 다시 돌아보고 싶어서. 나도 그럴까? 시간이 지나봐야 알 것 같다.

공항까지 데리러 와준 남편과 집에 오니 일주일 전 와 계시던 엄마와 아이들이 반겨준다. 지우는 내가 내린 가방끈을 어깨에 메고 일어나려고 끙끙대더니
"엄마 이렇게 무거운 걸 어떻게 메고 다녔어~"
라고 한다. 통화를 하면 엄마만 반복해서 내뱉던 지우가 이런 저런 얘기를 쏟아내고 매사 덤덤한 은호는 나를 어제 만난 사람처럼 대한다. 보고프던 사람들이 눈 앞에 있으니 이제 정말 집에 왔구나 싶다.

Departures
Salidas
EXTINTOR

"언니 진짜 가는거에요? 정말 혼자?!"
여행을 결정하고 나서 주변에서 많이들 물어보았다. 아직 어린 아이 둘 키우는 엄마가 혼자 2주간의 여행을 간다고 하니 적잖이 놀라는 것 같았다. 남편이 보내주냐며, 아이들이 괜찮냐며 물어본다. 위험한 건 아니냐고 걱정해 주기도 했다. 하긴 나 역시도 '내가 정말 갈 수 있을까' 의심 했으니까.

아빠와 아이들은 내 기대보다도 더 씩씩하게 시간을 보냈고 나도 다치지 않고 여행을 마쳤다. 그래도 틈틈이 했던 트레킹으로 가방 메고 걷는 건 자신이 있었다. 다른 이들에겐 갑작스러워도 나에게는 자연스러운 여행이었다.

여행을 마친 지금은 마음안에 막연한 두려움이 사라진 느낌이다. 아이들을 데리고 어디든 떠날 수 있겠다는 생각이 든다. 걱정 보다는 얼마나 재밌을까 하는 기대감도 들고. 여행책을 들면 그런 나를 주시하면서 또 어딜 가려고 하냐는 지우 때문에도 아이들과의 여행을 많이 하고 싶다.

여행 중 이동하며, 쉬며 틈틈히 있었던 일들과 소소한 생각들을 적어 인스타에 실시간으로 공유했다. 그렇게 적고 나면 내 안에 생각들도 정리되고 친구들의 응원에 힘들고 그리웠던 마음들도 풀어지고 새로운 힘이 났다. 이따금 너무 힘든 날은 무언갈 적지 않았는데 신기하게도 두어 달 지나고 보니 전혀 기억이 나질 않는다. 적고 찍은 것만 기억이 세세해지니 잘 적어뒀다 싶다.

돌아오고 얼마 뒤 일상을 위협 받는 시간들을 겪으며 역시나 여행은 타이밍이라는 생각이 든다. 다음으로 떠나게 될 남편은 요즘 어떤 여행을 할까 고민하는 중인데 그런 모습을 열렬히 응원하게 된다. 왜냐면 그 다음 차례는 나니까. 지금은 지금대로 아무것도 정해지지 않아서 설렌다. 언제가 될지 모르지만 오늘은 일상을 잘 살면서 기다려 보려고 한다.

작은방 한켠
나의 트레킹 가방

발행일 2025년 6월 5일

지은이 은테

펴낸곳 소소와 영원

등록 제 505-2025-000009(2025년 3월 31일)

주소 경북 경주시 강동면 동해대로 166-11, 106-303

전자우편 eunfu777@naver.com

디자인 **kk**design

ISBN 979-11-992326-1-7 03810